D1983815

Tina Caspari, d. i. Rosemarie von Schach
ist in Pommern und Ostpreußen aufgewachsen, war als Schauspielerin bei verschiedenen Theatern engagiert und arbeitete als Funk- und Fernsehsprecherin.
Sie ist Autorin von zahlreichen Romanen, Kinder- und Jugendbüchern und aktuellen Fernsehserien.
Heute lebt sie als freie Schriftstellerin in Steinebach am Wörthsee.

Tina Caspari

DIE THEATER-KIDS

Ein starkes Stück für Nina

SCHNEIDER BUCH

Die Deutsche Bibliothek – CIP-Einheitsaufnahme

Caspari, Tina:
Die Theater-Kids / Tina Caspari. - München : Egmont Schneider

Bd. 3. Ein starkes Stück für Nina. - 1999
ISBN 3-505-10962-2

Dieses Buch wurde auf chlorfreies, umweltfreundlich hergestelltes Papier gedruckt. Es entspricht den neuen Rechtschreibregeln.

Der Schneider Verlag im Internet:
http://www.schneiderbuch.de

© 1999 by Egmont Franz Schneider Verlag GmbH
Schleißheimer Straße 267, 80809 München
Alle Rechte vorbehalten
Titelbild: Bernhard Förth
Umschlaggestaltung: ART-DESIGN Wolfrath, München
Lektorat: Ulrike Schuldes
Herstellung: Gabi König
Satz: Ludwig Auer GmbH, Donauwörth, 11' Garamond
Druck: Presse-Druck, Augsburg
Bindung: Conzella Urban Meister, München-Dornach
ISBN 3-505-10962-2

99 00 / 8 7 6 5 4 3 2 1

1

„Vier Gedecke … haben wir einen Gast zum Frühstück?“ Tessas Vater blickte verwundert auf den liebevoll hergerichteten Tisch.

„Paps! Heute beginnt doch das neue Schuljahr“, erklärte Tessa mit sanftem Vorwurf, obwohl das natürlich keine Antwort auf seine Frage war.

Die stand sozusagen leibhaftig vor der Tür und klingelte gerade eben, lang-kurz-lang, ihr Zeichen. Tessa flitzte nach draußen um zu öffnen, und gleich darauf betrat ein sommersprossiger Junge mit strahlendem Gesicht die Küche der Burgers. Seine rote Lockenpracht hatte er mit einer satten Hand voll Gel an den Kopf geklatscht, er glaubte neuerdings herausgefunden zu haben, dass es ihn älter machte. Außerdem glich er so einigen seiner Idole unter den amerikanischen Filmschauspielern.

Tessa rümpfte die Nase. „Igitt, du klebst ja wie ein Himbeer-Lolli“, sagte sie statt einer Begrüßung.

„Brauchst mir ja nicht über die Haare zu streichen“, erwiderte der Junge großzügig. „Morgen allerseits!“

„Rufus, mein Sohn, guten Morgen“, begrüßte Tessas Vater ihn vergnügt. Er schätzte den aufgeweckten Jungen, seit er ihn zum ersten Mal in einem Stück der Theaterkids auf der Bühne gesehen hatte. Inzwischen gehörte Tessas bester Freund schon fast zur Familie. „Komm, setz dich!“

Tessas Mutter betrachtete Rufus schmunzelnd. „Ganz schön cool“, sagte sie mit einem Blick auf seine Frisur.

Rufus überging die Bemerkung. Er griff eifrig in seine Schultasche und holte ein mehrfach umwickeltes Päckchen hervor. „Ich hab Ihnen was mitgebracht. Frisch aus unserm Laden. Kochschinken und Geflügelleberwurst, die Sie so gern mögen. Und ungarische Salami.“

„Rufus, du bist echt der Größte! Danke!“ Tessa schnappte sich sofort eine Scheibe Kochschinken, ehe sie die mitgebrachten Gaben auf einer Platte anrichtete.

Rufus war bereits dabei, sich eine Mischung aus Cornflakes und Müsli auf den Teller zu häufen und beides in einer Mischung aus Milch und Früchtejogurt zu ertränken. Obwohl Rufus Sohn eines Metzgers war, machte er sich nicht viel aus Fleisch und Wurst und genoss das üppige Angebot an Süßem bei den Burgers.

Tessas Mutter gähnte. „Mich musst du bitte jetzt entschuldigen“, erklärte sie zu Rufus gewandt. „Ich brauch ein paar Stunden Schlaf. Der Nachtdreh sitzt mir in den Knochen.“

„Die Nachtaufnahmen auf der Autobahn? Wie war's denn?", erkundigte sich der Junge lebhaft.

Tessas Mutter verzog das Gesicht. „Vor allem kalt. Und endlos lang. Seid froh, dass ihr nicht dabei gewesen seid, ihr hättet euch nur gelangweilt."

„Haben die echt die Autobahn gesperrt für die Filmaufnahmen, Mam?", fragte Tessa. „Das muss doch 'nen Riesenstau gegeben haben, auch wenn's Nacht war."

„Natürlich nicht. Wir haben auf einem gesperrten Straßenabschnitt gedreht, der erst demnächst für den Verkehr freigegeben wird."

„Und gab's gute Stunts ... für die Verfolgungsjagden und so?"

„Fehlanzeige, Rufus." Tessas Mutter lachte. „Ihr habt wirklich nichts verpasst, es war eine ganz langweilige Szene. Verbrecher eins trifft Verbrecher zwei auf dem Autobahnrastplatz, und sie laden die Beute um. Da tritt die Kommissarin mit ein paar Beamten aus dem Versteck, sie sind umzingelt und ergeben sich. Aber ihr wisst ja, wie lang eine scheinbar so einfache Szene braucht, bis sie im Kasten ist, mit all den Einzelaktionen."

„Besonders, wenn etwas sehr rasant geschnitten werden soll!" Rufus zeigte gern, dass er inzwischen etwas von der Technik des Filmemachens verstand. Er war ein eifriger Schüler des Schaulspielerehepaars und ließ sich immer wieder alles haargenau erklären. „Aber jetzt müssen Sie wirklich ins Bett!“, sagte er nun besorgt zu Tessas Mutter.

„Das Wort des Tages! Danke, Rufus.“ Sie stand auf, winkte ihm noch einmal lächelnd zu und ging.

Tessa und ihr Vater grinsten. Es war nicht zu übersehen, dass Rufus ein glühender Bewunderer der gut aussehenden Schauspielerin war. Anfangs war Tessa deshalb ein wenig eifersüchtig gewesen. Doch inzwischen machte es ihr nichts mehr aus, denn Rufus war für sie wie ein Bruder geworden – ein Bruder, den sie sich immer gewünscht hatte.

„Und wir müssen uns allmählich auf den Weg machen. Also quassel nicht so viel und iss auf!“, ermahnte Tessa ihn. „Soll ich dir auch ein Schulbrot machen?“

„Immer. Mit Käse bitte. Frischkäse.“

„Wie Hoheit wünschen.“

Tessas Vater beobachtete interessiert, wie sie Brotscheiben mit einer dicken Schicht Kräuterfrischkäse bestrich, dünne Gurkenscheiben darauf verteilte, sie vorsichtig salzte und das Brot zusammenklappte. „Wo du schon mal so schön dabei bist … machst du mir auch eines? Im Waldhof-Studio gibt's nur einen Automaten mit muffigem Popcorn und diesen grässlichen Pappsemmeln mit fast nichts drauf außer einem welken Salatblatt.“

Tessa seufzte. „Hat hier einer schon mal was von Ausbeutung gehört?“

Ihr Vater sah Rufus augenzwinkernd an. „Nö. Erzähl mal!"

Als Tessa und Rufus wenig später zum Schiller-Gymnasium hinüberliefen, pfiff Rufus vergnügt vor sich hin. „Saugut", murmelte er plötzlich. „Echt saugut."

Tessa sah ihn erstaunt an. „Was meinst du?"

„Ach, alles, was in diesem Jahr anders geworden ist für mich. Dass ich so oft bei dir und deinen Eltern sein kann, ist saugut. Und auch dass mein Vater sich nicht mehr so viel einmischt und pausenlos meckert und mich schlägt. Und dann unsere Freunde, die Theatergruppe. Und Frau Lindner. Meinst du, dass wir sie wieder als Klassenlehrerin bekommen?"

„Ich denke schon. Das können die doch gar nicht bringen ... wo sie zugleich Leiterin unserer Theatergruppe ist", meinte Tessa. „He! Da kommt Sonny, vielleicht weiß die was."

Sonny stoppte ihr Fahrrad so heftig neben ihnen, dass es schlingerte. Ihre blonden Locken klebten auf der schweißnassen Stirn, so schnell war sie gefahren. Lachend begrüßte sie die Freunde. „Ein Glück, bin ich also doch nicht zu spät dran ... meine Uhr ist stehen geblieben", sprudelte sie heraus. „Hi, Tessa! Rufus, wo hast du gesteckt, ich hab gestern dreimal bei dir angerufen!"

„Gestern? Da hatten wir eine Aufnahme im Kinderfunk", antwortete Tessa an seiner Stelle. „Und hinterher sind wir zur Erholung ins Schwimmbad gegangen."

„Na klar, die Profis mal wieder ..." Sonnys Stimme schwankte zwischen Bewunderung und Spott. Dass Tessa als Schauspielerkind selbst schon hin und wieder in diesem Beruf arbeitete, war ja wohl normal. Aber dass Rufus plötzlich dauernd in irgendeinem Studio zu tun hatte, nur weil er bei ihren Theateraufführungen so gut gespielt hatte, machte sie doch ein bisschen neidisch. Vielleicht nur, weil sie selbst hatte erkennen müssen, dass anspruchsvolle Hauptrollen eine Nummer zu groß für sie waren. Schon ihr übermäßiges Lampenfieber war ein Hindernis. Rufus hingegen schien Lampenfieber nicht zu kennen, er spielte einfach drauflos, als wäre es das Selbstverständlichste von der Welt, vor einem großen Publikum zu stehen.

Ärgerlich verdrängte Sonny die Erinnerung an ihr Versagen aus ihren Gedanken. Viel spannender war, was sie ihren Freunden jetzt zu erzählen hatte. Während sie ihr Fahrrad neben den beiden herschob, sah sie sie lauernd von der Seite an. „Ihr ahnt nicht, wer im neuen Schuljahr zu uns in die Klasse kommt!", sagte sie geheimnisvoll.

Rufus blieb stehen und schaute sie neugierig an. „Klingt irgendwie ziemlich aufregend. Wer denn?"

„Nina!"

„Nina? Kenn ich nicht.“

„Na, *die* Nina!“

„Tut mir Leid“, sagte auch Tessa achselzuckend, „keine Ahnung. Wen meinst du mit ‚*die* Nina‘?“

„Na, die aus dem Fernsehen“, rief Sonny, genervt von der Gleichgültigkeit, mit der ihre Nachricht aufgenommen wurde. „Die immer solche Schnulzen singt. Meine Oma kriegt jedesmal Triefaugen vor Rührung, wenn die ‚Mama, du sollst nicht traurig sein …‘ singt. Nina! Die ist doch andauernd in irgend’ner Zeitschrift abgebildet.“

„Ach die …“, sagte Tessa gedehnt. „’tschuldige, aber wer sieht sich denn auch so ’nen Quatsch an.“

„Ich jedenfalls nicht, falls du das meinst“, motzte Sonny eingeschnappt. „Aber dass ausgerechnet so eine in unsere Klasse kommt … Ich dachte, es interessiert euch vielleicht. Ich hab’s zufällig gehört, weil … Na ja, ihre Eltern haben sich ein irre teures Haus in unserer Straße gebaut.“

„Klar, von der Kohle, die Klein-Nina verdient hat“, spottete Rufus. „Die muss doch Millionen machen.“

„Und was will die bei uns?“, fragte Tessa.

„Ganz normal zur Schule gehen, was sonst?“ Endlich schienen die beiden Freunde ihr zuzuhören. „Die Haushälterin von denen hat beim Parken vor dem Supermarkt unseren Wagen gestreift. Es ist nichts passiert, aber es war ihr natürlich wahnsinnig peinlich. So ist sie mit meiner Mutter ins Reden gekommen. Vor der Presse haben sie das natürlich streng geheim gehalten, damit da keine Wagenladung mit Journalisten antanzt. Aber als sie gehört hat, dass ich auch ins Schiller-Gymnasium gehe … und in welche Klasse … na ja, das fand sie irgendwie gut. Bisher hat Nina nur Privatlehrer gehabt!" Sonny kicherte. „Die hat sogar 'nen Bodyguard."

„Soll der vielleicht mit in der Klasse sitzen?" Rufus quietschte vor Vergnügen bei dieser Vorstellung. „In der Bank schräg hinter ihr, neben Bigge!"

„Und natürlich muss er den Unterricht mitmachen. Wenn schon, denn schon", übertrumpfte ihn Tessa. „He, das wär doch schon wieder ein super Stoff für ein Theaterstück!"

„Hm. Darüber sollten wir vielleicht mal nachdenken." Sonny lachte versöhnt. Der Ärger war vergessen. „Beeilung, Leute, wir sind echt spät dran", mahnte sie. „Ob sie schon da ist?"

Nina war noch nicht da. Jeya, Yamal und Bigge hatten für Tessa, Rufus und Sonny Plätze reserviert, damit die Clique zusammensaß. Schließlich bildeten sie den Kopf der Theatergruppe und waren ein eingeschworenes Team. Flüsternd gab Sonny ihre Informationen an die drei anderen weiter. Doch die waren weit mehr daran interessiert, dass in diesem Augenblick Frau Lindner die Klasse betrat. Sie hatten sie also weiter als Klassenleiterin! Die Freude darüber zeigte sich in anhaltendem Applaus, die junge Lehrerin strahlte.

„Kinder, ich freu mich genauso, dass wir wieder zusammen sind. Ich hoffe, wir werden in diesem Schuljahr wieder ein so gutes Team wie im vergangenen. Und nun lasst uns gleich die langweiligen Dinge erledigen, den Stundenplan, die Klassensprecherwahl und so weiter, damit wir danach noch ein bisschen Zeit zum Erzählen haben."

Als Nina zwanzig Minuten nach Beginn des Unterrichts immer noch nicht aufgetaucht war, glaubte niemand mehr an Sonnys Geschichte. Wahrscheinlich hatten sich das Mädchen und seine Eltern inzwischen anders entschieden, und Nina zog es vor, weiterhin privat unterrichtet zu werden. Die kurvte doch sowieso ständig auf irgendeiner Konzert-Tournee durch die Gegend.

Keiner von ihnen dachte mehr an die angekündigte neue Schülerin, als auf einmal kräftig an die Tür geklopft wurde. Ohne eine Antwort abzuwarten, betrat der Direktor die Klasse, neben sich ein schmächtiges Mädchen mit blonden Locken, die ihr Gesicht üppig umrahmten, was Tessa an einen Rauschgoldengel erinnerte. Klar, auf Zeitungsfotos und Titelbildern von Illustrierten hatte sie Nina schon gesehen. Im Dirndl vor schneebedeckten Gipfeln und einem tiefblauen Himmel im Hintergrund. Vielleicht hatte Tessa sogar hin und wieder in einem Supermarkt eine ihrer Platten gehört, aber wer achtete schon auf so was.

Jetzt trug der Rauschgoldengel weiße Jeans zu einem goldbestickten rosa T-Shirt und lächelte leer in Richtung der Klassenleiterin. Frau Lindner ging auf sie zu und schüttelte ihr die Hand, dann nahm sie sie bei den Schultern und führte sie vor die Klasse.

„Ach ja, das hab ich ganz vergessen: Wir bekommen einen Neuzugang. Ich bitte euch sehr herzlich, euch ihrer anzunehmen, denn sie ist neu hier in der Stadt und kennt noch niemanden."

„Aber jeder kennt *sie*!", murmelte Mike in der letzten Reihe. „Das ist doch schon was." Die anderen kicherten.

Monika Lindner überhörte den Zwischenruf. Sie wandte sich an die neue Schülerin, als sei sie völlig unbekannt. „Sei so lieb, stell dich deinen Klassenkameraden vor, ja?"

Nina sah sie erstaunt an. Wieso sollte sie das tun? Schließlich wusste hier doch jeder über sie Bescheid! Aber dann holte sie tief Luft, stellte sich in Positur, als stünde sie vor einem großen Publikum auf der Bühne und winkte grüßend der Klasse zu. „Ja, also … ich bin Nina! Nina Arnold für die, die's genau wissen wollen. Ich bin elf Jahre alt und werde im November zwölf. Ich äh … wohne im Waldwiesenweg und … dies ist meine erste richtige

Schule. Bis jetzt hatte ich einen Privatlehrer. – Sonst noch was?“ Damit wandte sie sich fragend an die Lehrerin.

„Nein, ich denke, das reicht. Du kannst dich da drüben neben Cosima setzen.“ Monika Lindner drehte sich zur Klasse um. „Ich möchte noch hinzufügen, dass Nina Arnold hier als ganz normale Schülerin unter euch ist – und nicht als Gesangsstar.“

Tessa konnte nicht behaupten, dass das Mädchen sie sonderlich interessierte. Noch ein Bühnenprofi in der Klasse, na und? Wenn Nina in Ordnung war, hatten die Theaterkids eine gute Darstellerin mehr. Wenn nicht, würde sie bei den Mitschülern keinen Fuß an Land kriegen. Jedenfalls konnte sich Tessa nicht vorstellen, dass einer in der Klasse sich für die Art Musik interessierte, die Nina machte.

„Warten wir's ab“, murmelte Rufus und sprach damit das aus, was Tessa dachte.

2

Die ersten zwei Wochen des neuen Schuljahres vergingen, und niemand in der Klasse machte sich Gedanken darüber, dass eine Nina Arnold unter ihnen war, die in die Gemeinschaft aufgenommen werden sollte. Es schien, als wäre sie gar nicht vorhanden.

Natürlich lag es auch daran, dass Nina von einem Bodyguard im Auto zur Schule gebracht und wieder abgeholt wurde. Und dass immer wieder neugierige Bildreporter auftauchten, die auf Fotos von ihr scharf waren und vom Gelände des Gymnasiums vertrieben werden mussten. In den Pausen blieb Nina deshalb im Schulgebäude, um nicht auf dem Hof von einem von ihnen überrumpelt zu werden. Es schien ihr nichts auszumachen, allein zu bleiben. Jedenfalls machte sie nicht den geringsten Versuch, mit den anderen ins Gespräch zu kommen, wie jemand, der zufällig hereingeschneit ist und gleich wieder gehen wird.

Mit Cosima wechselte sie jeden Tag ein paar unverbindliche Worte und versank dann wieder in eine Art abwartendes Schweigen, so als lauere sie auf etwas, das kommen musste – aber es kam nicht.

Niemand fragte sie über ihre Fernsehauftritte aus, niemand interessierte sich für ihr Leben als Kinderstar der Volksmusik, keiner bat sie um ein Autogramm.

Tessa wusste, dass die Lehrerin die Entwicklung aufmerksam beobachtete. Ninas Leistungen waren eher schwach, und sie hätte die Hilfe der anderen gebraucht. Nachdem die Klasse Tessa einstimmig ein zweites Mal zur Klassensprecherin gewählt hatte, war es nur eine Frage der Zeit, wann Monika Lindner sie auf die Neue ansprechen würde.

Als eine weitere Woche vergangen war, ohne dass sich etwas geändert hätte, war es so weit.

„Kannst du nach dem Unterricht noch eine Viertelstunde bleiben, Tessa?“, rief die Lehrerin ihr während der Pause zu. „Ich muss über etwas mit dir reden.“

„Klar, gern! Nur ... ich habe Rufus versprochen, bei uns für uns beide zu kochen und ...“

„Rufus kann gern mit dabei sein, falls du das meinst“, unterbrach Monika Lindner sie lächelnd. „Es dauert nicht lange.“

„Okay, ich sag’s ihm.“

Rufus sah Tessa misstrauisch an. „Hast du eine Ahnung, worum es geht? Irgendwas Schlimmes?“, fragte er lauernd.

Tessa zuckte die Schultern. „Ich weiß nur ein aktuelles Thema: Nina.“

„Hm. Wahrscheinlich hast du Recht." Rufus grinste. „Ich denk mir schon mal ein paar gute Antworten aus. Wir haben uns nicht gerade 'ne Goldmedaille verdient, was das betrifft, stimmt's?"

„Stimmt. Aber Nina genauso wenig. Mal ehrlich: Die mauert doch total."

„Na ja ..." Rufus seufzte. Manchmal tat ihm das Mädchen Leid, das da mitten unter ihnen saß mit dem Gesicht einer gekränkten Prinzessin, und alle taten, als wäre sie Luft.

Ungefähr so drückte es auch Monika Lindner aus. „Ich möchte euch etwas fragen. Habt ihr eigentlich in den vergangenen Wochen schon mal bemerkt, dass sich eine neue Mitschülerin mitten unter euch befindet?"

Rufus sah sie treuherzig an. Ehe Tessa antworten konnte, platzte er heraus: „Die Sache ist doch die: Nina hockt wie eine Rapunzel im Turm und kriegt nicht die Kurve, ihr Haar runterzulassen, wenn ich das mal so ausdrücken darf."

Monika Lindner musste lachen. „Du hast wirklich eine einmalige Fantasie, Rufus. Aber ist es nicht vielmehr so, dass noch keiner von euch sie aufgefordert hat, ‚ihr Haar runterzulassen', wie du es nennst?"

„Ich weiß ja", gestand Tessa zögernd. „Wir haben uns nicht gerade besondere Mühe gegeben mit ihr. Aber die igelt sich doch auch total ein!"

„Tessa! Was würdest du an ihrer Stelle tun? Wenn du spürst, alle verachten dich, nur weil du mit etwas berühmt geworden bist, das sie lächerlich finden? Würdest du hinter denen herrennen?"

„Du würdest 'ne fünf Meter hohe Betonwand hochziehen zwischen dir und den anderen", bemerkte Rufus kichernd. „Wenn dir einer blöd kommt ..."

„Warum sagst du das jetzt!", fauchte Tessa. „Das ist unfair. Du hast dich schließlich auch nicht um Nina gekümmert."

„Keiner hat es getan. Irgendwie wollten wir ihr wohl alle zeigen, dass sie bei uns nichts Besonderes ist mit ihrer goldenen Schallplatte und so ..." Rufus zog die Schultern hoch, er fühlte sich ganz schön unbehaglich bei diesem Thema. Schließlich war es noch gar nicht so lange her, dass er und seine Freunde versucht hatten, zwei anderen Mitschülern das Leben schwer zu machen, nur weil sie eine andere Hautfarbe hatten. „Okay, ich seh ja ein, dass wir Mist gebaut haben", gestand er kleinlaut.

„Ja, das seh ich auch ein", bekannte Tessa. „Es ist immerhin noch ein Unterschied, ob man jemanden wie einen normalen Menschen behandelt, auch wenn er berühmt ist, oder ob man tut, als wäre er Luft. Ich werd morgen mit ihr reden. Ich werd sie fragen, ob sie zu unserem Treffen der Theatergruppe kommen will."

„Mitsamt ihrem Bodyguard", konnte Rufus sich nicht verkneifen zu sagen. „He! Der könnte bei uns doch super den King Kong spielen!"

Die Lehrerin schmunzelte. Das war wieder typisch Rufus. „Du kannst ihn ja fragen, vielleicht hat er Lust. Okay, ihr zwei, ich denke, wir sind uns einig. – Dann kocht jetzt mal was Gutes. Was gibt's denn?"

„Spanische Pfannkuchen mit Salat", verriet Tessa. „Da kommt alles rein, was man im Kühlschrank so liegen hat. Salami- und Kartoffelwürfel, Speck, Zwiebeln, Peperoni, Oliven – und dann so 'ne Art Pfannkuchenteig mit vielen Eiern drüber."

„Hört sich super an. Ich wünschte, ich könnte mitkommen. Leider muss ich noch ‚nachsitzen'. Ein Elterngespräch." Monika Lindner ging zur Tür und ließ die beiden hinaus. „Also dann – bis morgen!"

Tessa hatte sich genau zurechtgelegt, was sie Nina sagen wollte. Merkwürdig, dass ihr das so schwer fiel. Warum bloß hatte man bei jemandem, der berühmt war, das Gefühl, als wäre er so eine Art höheres Wesen? Sonny hatte erzählt, der Briefträger habe über die viele Fanpost gestöhnt, die täglich für Nina kam. Ninas Eltern hatten extra eine Sekretärin eingestellt, um die Briefe zu beantworten. Und einen Schäferhund angeschafft, der das Grundstück gegen freche Reporter verteidigte, die auf Fotos aus

Ninas Privatleben aus waren. Dabei war sie doch nichts anderes als eine ganz normale Elfjährige mit einer hübschen Stimme und so musikalisch, dass sie was daraus machen konnte. Und sie hat einen Vater, der es versteht, sie gut zu verkaufen, fügte Tessa in Gedanken hinzu. Plattenproduzent war der, hatte Sonny rausbekommen. Der Klatsch im Waldwiesenweg blühte. Einer erzählte dem anderen hinter vorgehaltener Hand, was es Neues über die Familie Arnold zu berichten gab. Das wäre nichts für mich, dachte Tessa. Ein Glück, dass Mam und Paps ganz normale Schauspieler sind. Wie Maurer oder Tischler, sagte Paps immer. Theaterspielen war in seinen Augen vor allem ein solides Handwerk. Und wenn man nicht fleißig und diszipliniert arbeitete, nützte einem die tollste Begabung nichts.

Aber vielleicht ist Nina das ja auch – eine gute Handwerkerin im Singen, dachte sie. Schließlich hat sie sich diesen Rummel nicht ausgesucht, den man mit ihr veranstaltet. Ein Grund mehr, mit ihr zu reden. Was wusste Tessa schließlich von ihr – außer dem, was in den Zeitungen stand.

Tessa passte Nina ab, als die anderen zur großen Pause die Klasse verließen. Nina wartete stets, bis sich der Raum geleert hatte, und ging dann ein wenig auf den Fluren spazieren, bis die anderen in die Klasse zurückkehrten.

Tessa tat, als suche sie etwas unter der Bank, bis

auch der Letzte gegangen war. Nina bemerkte sie nicht, sie war in den Text vertieft, den sie in der letzten Stunde übersetzt hatten. Dabei kramte sie mit der Rechten in ihrer Tasche, zog einen Apfel heraus und biss kräftig hinein. Tessa schlenderte zu ihr hinüber.

„Gefällt es dir eigentlich bei uns?“, fragte sie, um einen lockeren, beiläufigen Ton bemüht. „Ich meine, hast du dich ein bisschen eingelebt?“

Nina sah überrascht auf. Ihrem Gesicht war deutlich anzumerken, dass sie sich überrumpelt fühlte. Sie wich Tessas Blick aus und schluckte den Bissen umständlich hinunter. „Man gewöhnt sich an alles“, murmelte sie.

„Es muss verdammt stressig sein, sich auf so einen normalen Schulbetrieb einzustellen. Und dann immer aufpassen müssen, dass die Presseleute einen nicht erwischen. Wir ... es tut uns Leid, dass du immer so allein hier oben hockst ...“

„Ach, das ist schon in Ordnung!“, sagte Nina schnell und sah Tessa fast erschrocken an. „Ich bin gern allein.“

„Okay. Ich ... ich wollte dir eigentlich auch nur sagen, dass wir dir alle gern helfen, wenn du Fragen oder Probleme hast. Und dass du immer willkommen bist, wenn du mal Lust hast, mit uns zusammen zu sein ... ohne deinen Wachhund“, versuchte Tessa zu scherzen, doch sie merkte, wie sie von

Sekunde zu Sekunde verkrampfter wurde. Was war bloß mit ihr los? Warum machte Nina es ihr so schwer? Die saß total genervt da, als warte sie nur darauf, dass Tessa endlich ging. Tessa holte tief Luft. „Na ja, ich will dir nicht endlos was vorlabern. War nur so ’ne Idee, weil du hier noch keine Freunde hast … dass du in deiner Freizeit vielleicht bei uns mitmachen möchtest. Zum Beispiel in unserer Theatergruppe.“

„Theatergruppe? Für so was hab ich wirklich keine Zeit. Ich hab am Nachmittag Proben oder Studio-Aufzeichnungen. Zweimal in der Woche Tanz- und Ballettunterricht. Dann die Kostümproben. Und dazu die Pressetermine … ich hab echt keine Minute für so was übrig. Ich bin froh, wenn ich es schaffe, zwischendurch die Hausaufgaben zu erledigen. Von der Fanpost ganz zu schweigen.“

Es klang unglaublich hochnäsig. Aber Tessa spürte auch, dass es nicht Ninas Worte waren. Es schien, als würde sie einen hundertmal wiederholten Text aufsagen.

„Hast du denn kein Hobby … nichts, was du außer deiner Singerei noch tust?“

Das Wort „Singerei“ rutschte Tessa raus, ehe sie es verhindern konnte. Ihr war klar, dass sie damit ein Eigentor geschossen hatte.

„Meine ‚Singerei‘ ist mein Hobby und meine wichtigste Aufgabe zugleich! Damit mache ich eine

Menge Menschen glücklich und helfe ihnen, ihre Sorgen zu vergessen. Mehr brauch ich nicht. Du siehst, eure Theatergruppe muss leider ohne mich auskommen."

Peng! Das war deutlich. Tessa biss sich auf die Lippen. Dann zwang sie sich zu einem Lächeln. „Nun, es ist schließlich nicht so, dass du ihr bisher gefehlt hast. Wir machen eben ganz andere Sachen als du. Problemstücke, mit denen wir die Leute zum Nachdenken bringen."

„Na siehst du." Nina stand auf und ging hinaus. Das Interview war beendet.

„Zicke!", fauchte Tessa, als das Mädchen draußen war. „Dann eben nicht."

3

Am Nachmittag fand das wöchentliche Treffen der Theaterkids statt. Wie immer versammelten sie sich in der Aula der Schule, um sich mit Sprechübungen und Improvisationen für das nächste Stück fit zu machen.

Was sie als Nächstes spielen würden und wann die Proben beginnen sollten, stand noch nicht fest. Nur, dass die Premiere kurz vor den Weihnachtsferien stattfinden sollte, hatten sie beschlossen.

Vorschläge zum Thema des neuen Stückes wurden von Monika Lindner, der Leiterin der Theatergruppe, schon emsig gesammelt, und jeder war dazu aufgefordert, seine Ideen und Entwürfe einzubringen.

Als Tessa etwas verspätet die Aula betrat, war von der Lehrerin nichts zu sehen. Frau Lindner stecke noch in einer Sitzung im Lehrerzimmer, rief ihr Jeya zu, die mit Bigge gerade eine Partnerübung machte, in der die eine das Spiegelbild der anderen war und genau ihre Bewegungen und ihren Ausdruck nachmachen musste. Andere waren mit Sprachübungen beschäftigt.

Das Gemurmel erfüllte den Raum, als befände

man sich in einem Theaterfoyer in der Pause.

Während Helga an ihrem fehlerhaften S arbeitete, übte Mike die richtige Aussprache des I.

„Siehe dieses ist es, immer wieder zieht sie ihn …"

„Sasaza, sasaze, sasazi, sasazo, sasazu …"

Dabei standen die beiden sich gegenüber, als ob sie sich unterhalten würden. Vorbei waren die Zeiten, als sie solche Übungen langweilig gefunden hatten. Inzwischen hatten alle Theaterkids Spaß daran und dachten sich immer andere Variationen aus.

Vor allem Rufus fiel stets etwas Neues ein. „He, Mike, ich hab noch einen Satz für dich: ‚Riesenrispen Flieder wiegen fliegend sich im wilden Wind!' Stark, oder?"

Rufus musste es dreimal wiederholen, dann übte die halbe Klasse kichernd seine Erfindung.

„Und hast du auch was Neues für das Ü?", fragte Yamal.

„Äh … warte mal … ‚Frühe übe mühend züchtig süße Güte.'" Rufus sang den Satz wie eine Opernarie.

„Genial. Wo hat der Kerl das nur her?", quietschte Anne.

„Wahrscheinlich haben sie ihn als Baby mit zu viel Kalbshirn gefüttert", vermutete Klaus. „Das soll ja schlau machen. Wo sie doch 'ne Metzgerei haben bei ihm zu Hause."

„Rufus, mach noch einen Satz mit Ö! Bitte!“, drängte Cosima.

„Blöde Göre, höre …“, begann Rufus, unterbrach sich aber, denn Monika Lindner stürmte so eilig herein, dass die Tür krachend hinter ihr ins Schloss fiel.

„Kinder, es tut mir so Leid! Das nahm einfach kein Ende, immer kam noch eine neue Frage auf den Tisch. Ich saß wie auf Kohlen.“

„Och, macht doch nichts, Frau Lindner“, tröstete Bigge sie. „Wir haben schon super gearbeitet.“

„Alle vollzählig da?“ Die Lehrerin warf einen prüfenden Blick in die Runde. Dann sah sie Tessa an. „Nur ein Gesicht vermisse ich …“

Tessa zuckte hilflos die Schultern. „Ich hab wirklich alles versucht, Frau Lindner. Aber Nina … da ist echt nichts zu machen. Die hat mich kalt abfahren lassen. Dabei hab ich mir solche Mühe gegeben. Weil …“ Tessa stockte.

„Ja? Was wolltest du sagen?“

„Na ja, vielleicht klingt das jetzt bescheuert. Nina hat unheimlich hochnäsig getan. So, als ob es total unter ihrer Würde wäre, bei uns mitzumachen. Aber alles, was sie mir da erzählt hat, klang so … so einstudiert. Als ob ihr das jemand beigebracht hätte. Für ihre Interviews. ‚Das Singen ist mein Hobby und meine Aufgabe. Damit mache ich Menschen glücklich und helfe ihnen, ihre Sorgen zu vergessen!'", ahmte Tessa das Mädchen nach. „Mag ja sein, aber das hörte sich so aufgesagt an."

„Und eine Träne glitzerte in ihrem linken Auge und rollte langsam Richtung Herz, wo sie auf dem heißen Busen lautlos verdampfte ..."

„Rufus!", rief die Lehrerin den Jungen zur Ordnung, obwohl sie sich kaum das Lachen verbeißen konnte.

Auch die anderen kicherten. Längst hatten sich sämtliche Schüler um Tessa geschart, um nur ja kein Wort zu verpassen.

„Du hast sie echt in die Theatergruppe holen wollen?", fragte Manni und putzte aufgeregt seine Brillengläser mit einem Zipfel seines T-Shirts. „Bist du lebensmüde? Ist doch klar, dass die sich höchstens über uns lustig macht. Eine Nina spielt in keinem Schülertheater mit, ich bitte dich!" Manni ahmte Ninas Tonfall nach.

„Warum nicht?", widersprach Bigge. „Schließlich wollte sie ja auch auf eine ganz normale Schule gehen."

„Also, was das betrifft ...", sagte Tessa, „ich glaube, Nina hat sich das alles total anders vorgestellt. Die hat echt geglaubt, wir rollen ihr den roten Teppich aus, und sie darf jeden Tag Autogramme geben und aus ihrem Leben als Kinderstar plaudern."

„Na ja, schließlich kennt sie nichts anderes", verteidigte Yamal das Mädchen. „Woher soll sie das auch wissen?“

Monika Lindner hatte ihnen schweigend zugehört. Jetzt meldete sie sich zu Wort. „Da hast du was sehr Wichtiges gesagt, Yamal. Ich denke, hier haben wir ein Problem vor uns, mit dem wir uns sehr ernsthaft befassen sollten. Wir sollten überlegen, wie man Nina aus ihrer Isolation herausholen könnte. Ich bin mir nicht sicher, ob ihre Eltern wirklich gut daran tun, sie so streng zu bewachen. Wie soll Nina jemals ein normales Leben führen, wenn sie derartig abgekapselt wird.“

„Genau!“, rief Tessa. „Nina kam mir vor wie … na, eigentlich wie eine Marionette, die nur von anderen bewegt wird.“

„Aber warum wehrt sie sich nicht dagegen? Offenbar gefällt ihr das doch supergut“, warf Cosima ein.

„Glaubst du das wirklich? Vielleicht kennt sie es tatsächlich nicht anders.“ Manni wirkte nachdenklich. Man sah, wie es hinter seiner Stirn arbeitete.

„Klar! Bevor du dir nicht selbst den Knöchel verstaucht hast, weißt du auch nicht, wie saumäßig weh das tut“, bemerkte Joe weise.

Bigge prustete los. „Na, das ist vielleicht ein Vergleich!“

„Ich hab’s in den Ferien gerade erlebt“, verteidigte sich Joe nachdrücklich.

Monika Lindner zog sich einen Stuhl heran und wies die Theaterkids an, sich zu setzen. Alles lagerte sich um sie herum. Es war klar: Dies würde eine längere Diskussion werden.

„Also gut, Leute“, Rufus ergriff nun das Wort, „und was folgern wir daraus?“

„Wir müssen ihr irgendwie klarmachen, was sie alles verpasst und wie das Leben wirklich ist“, stellte Jeya fest.

„Und wie, glaubst du, kriegen wir das hin?“, fragte Sonny zweifelnd. „Sie hört doch nicht auf uns, macht nichts mit, redet kaum mit uns ...“

„Leute! Da gibt's doch nur eines: Wir müssen ein Stück schreiben, in dem ihr das so richtig vor Augen geführt wird!“, schlug Yamal vor. „Voll das Leben! Was sie alles verpasst.“

„Was nützt das, wenn sie es sich dann nicht ansieht?“, wandte Tessa ein. „Du kannst sie schließlich nicht mit Gewalt in die Vorstellung schleppen.“

Frau Lindner hörte ihnen aufmerksam zu. Es sah aus, als lauerte sie auf einen Vorschlag, den alle bisher übersehen hatten, obwohl er so nahe liegend war. Rufus bemerkte ihren Blick als Erster.

„Sie brüten was aus, Frau Lindner, stimmt's?“, fragte er grinsend. „Wetten, Sie haben eine Idee?“

„Könnte sein. Aber ich möchte, dass ihr selbst darauf kommt“, antwortete die Lehrerin lächelnd.

Rufus dachte einen Augenblick nach. Dabei sah

er Tessa an. Auch sie sah fragend zu ihm hinüber. Offenbar grübelte sie genauso verbissen über eine Lösung nach.

„Ich hab's!", riefen Rufus und Tessa schließlich im gleichen Augenblick.

„Erst du", sagte Tessa.

„Wir müssen ein Stück über Nina selbst aufführen. Oder über ein Mädchen, in dem sie sich wieder erkennt und in dem ihr gezeigt wird, wie traurig ihr Leben eigentlich ist."

„Genau", bestätigte Tessa.

„Na schön", Manni wiegte bedenklich den Kopf, „aber damit habt ihr immer noch nicht die Garantie, dass sie sich unsere Theateraufführung auch ansieht."

„Ist doch ganz einfach!" Rufus sprang auf. „Wir müssen sie interviewen. Wir sagen ihr, dass wir ein Stück über eine junge Volksmusiksängerin wie sie aufführen wollen und dass wir dazu ihren Rat brauchen. Sie soll mit ein paar Infos rüberkommen. Das macht die sicher."

Monika Lindner nickte zufrieden. „Sehr gut. Und wer von euch übernimmt das?"

„Also, bei mir ist, glaube ich, Fehlanzeige. So wie Nina auf unser Gespräch reagiert hat ...", gab Tessa zu bedenken. „Wie wär's mit Sonny? Die wohnt in ihrer Straße. Und Manni und Cosima. Die sind unverdächtig."

„Und ich?“, fragte Rufus enttäuscht.

„Du wärst natürlich super. Aber leider kannst du im entscheidenden Moment die Klappe nicht halten, wenn du was ätzend findest. Das könnte die Sache zum Platzen bringen“, wandte Tessa in sachlichem Ton ein.

Rufus schluckte. Aber wenn er ganz ehrlich war, musste er zugeben, dass sie Recht hatte. Elefant im Porzellanladen war eine seiner besten Rollen.

„Okay, gleich morgen fangt ihr drei mit euren Recherchen an. Schreibt alles genau auf. Vielleicht könnt ihr auch ein paar Fotos und Werbematerial bekommen. Nächste Woche erstattet ihr uns dann Bericht.“ Die Lehrerin klatschte in die Hände. „Und jetzt wollen wir noch ein paar Bewegungs- und Ausdrucksübungen machen, ehe unsere Stunden ganz herum sind.“

Als Rufus und Tessa später, jeder eine Eistüte in der Hand, durch die Innenstadt bummelten, waren sie auffallend schweigsam.

„Ganz schön blöd, dass wir dieses Interview nicht selbst machen können“, seufzte Rufus schließlich.

„Du sagst es. Ich würde zu gerne Mäuschen spielen, wenn die drei Nina zu Hause besuchen“, stimmte Tessa ihm verträumt zu. „Vielleicht lassen die Aufpasser sie gar nicht ins Haus? Oder sie durchsuchen sie erst mal von oben bis unten? Ob sie nicht vielleicht Stinkbomben in der Tasche haben oder so was."

Rufus kicherte. „Dann würde Manni im letzten Moment die Stinkbombe hochreißen, würde in ihr hochedles Wohnzimmer rasen und brüllen: Alles an die Wand und Hände hoch, sonst schmeiße ich!"

Tessa lachte so laut los, dass die Passanten sich kopfschüttelnd nach ihr umdrehten. „So eine Szene müssten wir mal in 'nem Stück unterbringen. Überhaupt sollten wir endlich mal einen echten Krimi aufführen. Eine Krimi-Komödie natürlich, alles total übertrieben."

„Wenn das mit dem Interview nicht klappt, können wir's Frau Lindner ja mal vorschla..." Rufus blieb abrupt stehen und starrte auf ein großes Konzertplakat, das im Schaufenster einer Musikalienhandlung hing. Dabei zeigte er stumm auf eine der Mitwirkenden, deren Namen in übergroßen Buchstaben aufgelistet waren. „Da!!"

Tessa trat näher heran. „Die kleine Nina ...", las sie laut. „Am achtundzwanzigsten. Mensch, das ist ja schon an diesem Samstag! In der Stadthalle!"

„Mit Fernsehübertragung ... und was sagt uns das?" Rufus sah seine Freundin herausfordernd an.

„Wir gehen hin."

„Nö. Bist du blöd? Weißt du, was das kostet?"

„Was denn dann?"

„Wir gehen zu unserem Freund Rüdi. Der hat

neulich erzählt, er macht als Nächstes die Requisite zu einer Musiksendung in der Stadthalle … mit Live-Übertragung."

„Eins zu null für dich! Schlaues Kerlchen. Komm, wir gehen zu mir und rufen ihn an." Tessa warf die klebrigen Reste ihrer Eistüte in den nächsten Papierkorb, leckte sich die Finger ab und winkte Rufus mit dem Kopf, ihr zu folgen.

„Genau. Vielleicht kann er noch zwei Assistenten für die Sendung gebrauchen."

4

Als Rufus und Tessa am nächsten Tag in der großen Pause mit den anderen auf dem Schulhof zusammenstanden, berichtete Sonny strahlend von ihrem ersten Erfolg.

„Ich hab gestern einfach bei ihnen geklingelt. Hab gesagt, dass ich eine Klassenkameradin von Nina bin und sie was fragen müsste. Die Haushälterin war an der Tür, die kennt mich ja, weil ich meine Mutter oft zum Einkaufen begleite. Und was soll ich euch sagen: Null Problemo, sie hat mich direkt zu Nina ins Zimmer geführt. Nina musste gerade Akkordeon üben, die war echt froh über die Störung. Na ja, und dann hab ich alles erzählt. Von unserem Stück und dass wir dafür von ihr was über ihr Leben wissen müssen. Wie das so ist, wenn man ein Star ist. Wie ihr Tageslauf aussieht und wie's bei den Proben zugeht und so."

„Und?", drängte Bigge.

„Sie hat zugesagt! Wir dürfen mit ihr ein Interview bei ihr zu Hause machen, dann kriegen wir auch Fotos und Infomaterial und was wir so brauchen. Na ja, und dann hat sie mir noch alle ihr CDs gezeigt."

„Und was hört die so? Auch nur Heimatlieder?“, fragte Joe.

„Quatsch, sie hat mir nur die CDs gezeigt, die sie bisher selbst aufgenommen hat. Andere hab ich gar nicht gesehen.“

„Und wie sieht ihr Zimmer aus?“, wollte Cosima wissen.

„Total langweilig. Wie aus einem Einrichtungshaus. Ein Himmelbett, eine Kommode, ein Riesenkleiderschrank, viele Stofftiere und Puppen auf dem Bett, Familienfotos ... und jede Menge Noten natürlich. Ach ja, und eine spitzenmäßige Musikanlage und einen Fernseher hat sie im Zimmer, ist ja klar.“

„Und wann macht ihr nun das Interview?“, erkundigte sich Rufus und sah Tessa bedeutungsvoll an.

„Leider erst nächste Woche, bis dahin hat sie Proben für die Aufzeichnung am Samstag. Sie kommt auch nicht in die Schule. Aber sie hat uns Freikarten für das Konzert versprochen.“

„Das ist doch super!“

„Ja, eigentlich war sie total nett. Ich meine ... schon so ein bisschen von oben herab, ‚ich, der große Star‘, aber sonst – echt klasse.“

„Ist ja auch egal, Hauptsache, wir kriegen so viele Infos wie möglich“, sagte Tessa eifrig. „Vergesst nicht, eure Gespräche auf Tonband aufzunehmen, okay? Das ist sicherer, als wenn ihr euch nur Notizen macht."

„Klar doch, wir sind ja nicht von gestern", wehrte sich Manni gegen die Bevormundung. „Wir liefern euch Spitzeninfos, verlasst euch drauf!"

„Guuut ..." Wieder warf Rufus Tessa einen bedeutungsvollen Blick zu. Klar würden Sonny, Cosima und Manni jede Menge Informationen bekommen. Die gleichen, die man in jeder Illustrierten nachlesen konnte. Sozusagen die Schokoladenseite des Kinderstars-Daseins. Tessa und er aber würden erleben, wie es hinter diesen glanzvollen Kulissen zuging. Das hofften sie zumindest.

Rüdi hatte ihnen nach einigem Zögern zugesagt. Wenn er es sich genau überlege, hatte er schließlich gemeint, könne er zwei tüchtige Assistenten recht gut gebrauchen. Vorbedingung war jedoch, dass sie sich völlig im Hintergrund hielten und genau seinen Anweisungen folgten.

„Und vergesst nicht: Ihr seid zum Arbeiten hier, klar? Nicht zum Glotzen", ermahnte er sie, als sie sich pünktlich bei ihm in der Stadthalle zur Stelle meldeten.

„Wir sind schließlich Profis, Rüdi!" Tessa sah ihn strafend an. „Also? Wo sollen wir anfangen?"

„Okay, kommt mit." Der Requisiteur führte sie in ein Hinterzimmer, in dem große Kartons übereinander gestapelt waren. „Hier, ihr könnt die Bierkrüge auspacken und ausspülen. Da auf dem Tisch könnt ihr Küchenpapier auslegen und sie abtropfen lassen. Wenn ihr fertig seid, bringt ihr sie raus auf die Bühne. Da stehen ein paar Biertische für die Komparsen. Auf jeden Tisch kommen zwölf Krüge und vier Körbe mit Brezeln."

„Die Körbe da?", fragte Rufus.

„Genau. Da habt ihr Papierservietten für die Körbe. Und legt neben jeden Krug noch eine hin. Alles klar?" Rüdi war offensichtlich nervös. So eine Livesendung war eben doch was anderes als eine Aufzeichnung im Studio.

„Alles klar, Rüdi. Wir beeilen uns", versprach Tessa und machte sich sofort an die Arbeit.

Rufus ließ bereits Wasser ins Waschbecken laufen. Tessa breitete eine dicke Schicht Haushaltspapier auf dem Tisch aus. Dann holte sie die Krüge aus den Kartons, reichte Rufus jeweils zwei in die rechte und zwei in die linke Hand, damit er sie ins heiße Wasser tauchen und zum Trocknen auf dem Tisch abstellen konnte. Das ging blitzschnell. Sie waren nun mal ein gutes Team, wie Tessa zufrieden feststellte.

„Okay, das waren die Letzten. Sind die anderen schon trocken?", erkundigte sie sich.

„Lass sie noch ein bisschen stehen. Wir machen erst mal die Körbe fertig. Wo sind die Brezeln?"

„Du brauchst gar nicht so hungrig zu schauen, die sind sicher abgezählt“, mahnte Tessa.

„Was du immer gleich denkst!“, entrüstete sich Rufus. Doch sein verschämtes Grinsen verriet Tessa, dass sie richtig vermutet hatte.

„Rüdi wird uns schon nicht verhungern lassen“, tröstete sie den Freund. „Dazu isst er selbst viel zu gern.“ Geschickt entfaltete sie eine Serviette nach der anderen und legte sie auf den Boden der kleinen Körbe.

Rufus zählte die Brezeln hinein, für jeden Korb sechs. „Und was machen wir, wenn wir Nina über den Weg laufen?“

„Was schon! Die Wahrheit sagen – oder zumindest die halbe Wahrheit: Wir jobben bei der Requisite“, erklärte Tessa. „Zum Dank dafür, dass Rüdi uns immer bei der Ausstattung unserer Theaterstücke hilft. Er hat uns gestern drum gebeten.“

„Okay, das klingt glaubwürdig – auch für die anderen.“

Im Laufschritt eilten sie durch den Flur zur Bühne hinüber. In der Tür blieben sie einen Augenblick wie geblendet stehen. Das geräumige Podium war in helles Licht getaucht, sämtliche Scheinwerfer waren eingeschaltet und beleuchteten die Dekoration, die einen von Fachwerkhäusern gesäumten Dorfplatz mit einer Linde neben einem Brunnen darstellte. Um die Linde verteilt standen Tische und

Bänke wie in einem Biergarten. Im Hintergrund erkannte man eine Mühle, deren Mühlrad – eine einfache Sperrholzkonstruktion – sich von einem der Bühnenarbeiter hinter der Dekoration drehen ließ. „Bei der schönen Müllerin“ hieß denn auch die Sendung, in der von Solisten und Chören aus allen Teilen des Landes Lieder zu diesem Thema gesungen wurden.

Rundum waren fahrbare Kameras aufgebaut. Farbige Klebstreifen am Boden markierten für die Darsteller und Sänger die festgelegten Positionen und Gänge. Auf den Monitoren der Kameras waren die einzelnen Bildausschnitte zu erkennen. Rufus konnte sich nicht beherrschen, er sprang, eine schreckliche Grimasse schneidend, vor eine der Kameras. Dann tat er, als packe ihn eine Hand an der Gurgel, verdrehte die Augen und sackte nach unten aus dem Bild. Zum Glück hatte niemand seinen Kurzauftritt bemerkt, die Mannschaft des Ü-Wagens, der draußen vor dem Gebäude parkte, machte gerade Pause.

„Idiot!“, maulte Tessa. „Willst du unbedingt Ärger mit Rüdi kriegen?“

„Wieso? Wir arbeiten doch wie die Feuerwehr! Los, los, wo bleiben die Bierkrüge?“ Damit lief er vor Tessa her hinaus auf den Flur – und wich sofort zurück.

Tessa wäre um ein Haar mit ihm zusammengeprallt. Sie wollte gerade aufbrausen, als Rufus warnend den Finger an die Lippen legte und Tessa eilig ins Dunkel zwischen die Kulissen drängte. Da kam sie: Nina in Begleitung ihrer Mutter und der Maskenbildnerin. Das Mädchen war den Tränen nahe.

„Ihr habt mir versprochen, dass ich diesmal nicht mir dieser bescheuerten Zopffrisur auftreten muss! Ich seh doch aus wie 'ne Witzfigur!" Ärgerlich warf Nina den Kopf hin und her, doch die verhasste Trachtenfrisur löste sich nicht auf.

„Aber du siehst entzückend aus", widersprach die Maskenbildnerin in flehendem Ton.

„Klar! Wie ein schwachsinniges Baby", motzte der Kinderstar dagegen.

„Schluss damit!" Die Stimme der Mutter klang eisig kalt. „Reiß dich zusammen! Das ist eine Anordnung der Regie und damit basta. Keine weiteren Diskussionen! Ist das klar, Nina?"

„Warum lasst ihr mich nicht gleich im rosa Babykleidchen und mit Schnuller auftreten", fauchte die zurück.

Die Mutter warf einen zornigen Blick auf Nina. „Jetzt reicht's, Fräulein! Werd nicht frech! Und fang jetzt bloß nicht an zu heulen, du bist schon geschminkt."

„Blablabla!" Nina schnitt eine wütende Grimasse. „Ich hasse euch. Ich hasse euch alle!" Damit stob sie in Richtung ihrer Garderobe davon.

Die Mutter wollte ihr folgen, doch die Maskenbildnerin hielt sie zurück.

„Lassen Sie sie. Das sind nur die Nerven. Wenn Nina auftreten muss, funktioniert sie perfekt, das wissen Sie doch. Dann ist alles wieder in Ordnung."

„Sie ist so rebellisch in letzter Zeit, das gefällt mir nicht", sagte Ninas Mutter ärgerlich. „Für diesen Beruf braucht man Disziplin und nochmals Disziplin, das muss sie lernen."

Die beiden Frauen entfernten sich in die entgegengesetzte Richtung. Rufus und Tessa traten aus ihrem Versteck und liefen in den Requisitenraum zurück. Tessa schloss schnell die Tür hinter sich.

„Bingo!", rief Rufus erfreut. „Na? Was sagst du nun?"

„Das nenn ich Glück. Jetzt haben wir genau, was wir brauchen. Es gibt nur ein Problem: Vielleicht ist es doch nicht so gut, wenn Nina uns hier sieht."

„Ach was." Rufus begann so viele Bierkrüge zu packen, wie er tragen konnte. „Sie weiß ja nicht, dass wir sie gehört haben. Nun komm schon, Beeilung!"

„Okay. Bleibt uns schließlich gar nichts anderes übrig." Tessa griff mit jeder Hand drei der Krüge und folgte Rufus auf die Bühne. Der Aufnahmeleiter begann gerade damit, die Sitzordnung der Komparsen zu kontrollieren. Ein achtjähriger Junge griff bereits nach der ersten Brezel. „Pfoten weg!“, schimpfte Tessa. „Die sind für die Aufnahme, das weißt du doch!“

„Er ist zum ersten Mal dabei“, entschuldigte ihn seine Mutter und errötete unter ihrem gamsbartverzierten Trachtenhut. „Nicht anfassen, Edi, hörst du?“

„Wann gibt's denn endlich die Limo?“, maulte der Kleine.

„Auch zur Aufnahme! Und jetzt sitz still, sonst darfst du nie wieder mit!“

„Will ich ja gar nicht. Mir ist langweilig. Ich will nach Hause!“, motzte der Kleine. „Ich find's hier blöd.“

„Aber hallo!“ Rufus sah den Jungen kopfschüttelnd an. „Andere Kinder würden sich total freuen, wenn die mal ins Fernsehen dürften. Stell dir vor: Alle deine Freunde können dich dann in der Sendung sehen!“

„Mir doch egal.“ Wütend trat der Junge gegen den Tisch.

„Hehe!“, dröhnte eine tiefe Lautsprecherstimme durch den Saal. „Was ist da an Tisch vier los?“

Der Junge sah sich erschrocken um. Dann schielte er fragend zu Rufus hinüber. „Wer war denn das?“, erkundigte er sich ein wenig verunsichert.

„Der liebe Gott“, antwortete Rufus beiläufig,

während er die letzten Krüge zurechtschob. „Das weißt du doch: Der sieht alles."

„Du spinnst!", sagte der Junge, hielt aber von nun an den Mund. Er konnte ja nicht ahnen, dass es die Lautsprecherstimme des Regisseurs gewesen war.

Im Hintergrund wurden die Saaltüren geöffnet. Das Publikum strömte herein, es wurde laut. Tessa und Rufus verzogen sich in den Requisitenraum. Sonny, Cosima und Manni mussten sie ja nicht unbedingt auf der Bühne sehen. Rüdi war gerade dabei, die paar auf einem Tisch angeordneten Gegenstände, die später von den Darstellern benötigt wurden, mit den Eintragungen auf seiner Liste zu vergleichen: eine rote Rose, fünf mit einem Blumenstrauß dekorierte Stöcke, eine Kindertrompete, eine Trommel, ein Mehlsack, der allerdings nur mit Styropor gefüllt war, eine altmodische Posttasche und ein Posthorn, eine Peitsche und etliches mehr.

„Und was können wir jetzt machen?", erkundigte sich Tessa.

Rüdi setzte schnell einen Haken hinter den zuletzt abgecheckten Posten auf der Liste und sah auf. „Im Moment ... eigentlich nichts. Ich brauch euch erst nachher wieder zum Aufräumen. Oben an den Seiten des zweiten Ranges gibt's Stehplätze, die sind für unser Team reserviert. Hier – macht euch die Schilder an eure Pullis, damit man sieht, dass ihr dazugehört. Und am Ende der Sendung kommt ihr sofort runter, okay? Da muss die Bühne für die anschließende Feier hergerichtet werden."

„Und wer feiert?", fragte Rufus neugierig.

„Das Team und die Darsteller und ein paar Ehrengäste. Dafür müssen die Tische abgeräumt und sauber gemacht und dann frisch gedeckt werden. Alles klar?"

„Total. Bis später."

Tessa und Rufus flitzten davon und suchten sich einen Platz, von dem aus sie das Geschehen auf der Bühne gut verfolgen konnten. Zunächst mal erschien der Regieassistent an der Rampe und erklärte dem Publikum, wie es sich zu verhalten hatte. Wann applaudiert werden sollte und wie lange, wo sich die Leuchtzeichen dafür befanden, und dass ja keiner auf die Idee kommen sollte, in die Kamera zu schauen oder gar seinen Lieben daheim zuzuwinken, wenn er merkte, dass das Publikum gerade aufgenommen wurde. Tessa gähnte gelangweilt. Das wusste doch längst jeder.

Auf ein Zeichen hin applaudierte man im Zuschauerraum. Die Komparsen auf der Bühne verfielen augenblicklich in künstliche Heiterkeit, prosteten sich zu, lachten ohne Grund plötzlich los. Das Lämpchen auf Kamera eins leuchtete auf. Seitlich auf einem Monitor konnten sie verfolgen, wie der Vorspann über den Bildschirm lief. Dann verstärkte sich der Applaus, die Moderatorin trat auf. In einem Dirndl mit weißem Häubchen, das sie als Müllerin auswies, hieß sie die Leute im Saal und die Zuschauer an den Fernsehschirmen willkommen.

Durch die Saaltür marschierte der erste Männerchor auf die Bühne. Alle waren als Müller kostümiert. Noch verborgen in ihrer Mitte befand sich der erste Solist. Sie stiegen über ein seitlich angebrachtes Treppchen auf die Bühne, wobei der Solist absichtlich stolperte und eine komische Nummer abzog. Die erste Strophe sang der Chor allein, dann trat der Solist an die Rampe und schmetterte die zweite. Jetzt gähnte auch Rufus. Tessa musterte das Publikum und suchte die Freunde. In der dritten Reihe entdeckte sie sie und stieß Rufus an.

„Hä?"

„Psst!" Tessa zeigte schweigend auf Sonny.

Rufus grinste. Sonny schaute mit verträumten Augen zu dem gut aussehenden jungen Sänger auf und war offensichtlich hingerissen. Später würde sie vermutlich beteuern, dass sie nur so getan hatte, wegen der Kameras.

Jetzt traten mit rasselnder Marschmusik die Gebirgsjäger auf, sangen ein paar markige Lieder und marschierten durch die Kulissen ab. Danach erschien eine beliebte Sängerin auf der Bühne, auch sie als schöne Müllerin kostümiert, und gab ein paar romantische Liebeslieder zum Besten, in denen es um die Gefühle zwischen einem Müllerburschen und der Müllerin ging. Und dann –

„Nina!“, zischte Rufus Tessa ins Ohr. „Da, hinter den Kulissen!“

Die Moderatorin machte eine längere Ansage, um den allseits beliebten Kinderstar anzukündigen. Schließlich deutete sie in den Hintergrund und rief: „Hier ist sie – unsere Nina!“

Nina, vom Publikum aus noch nicht zu sehen, drehte sich blitzschnell um und streckte jemandem wütend die Zunge raus. Als sie sich nach vorne wandte, strahlte aus ihrem Gesicht ein gut einstudiertes Bühnenlächeln. Lachend hüpfte sie auf das Podium, winkte dem Publikum zu und begann ihr erstes Lied. Doch wer genau hinsah, musste spüren, dass keine echte Freude aus ihrem Vortrag kam. Nina zog einfach sehr routiniert ihre gewohnte Nummer ab. Dem Publikum gefiel es, die Leute klatschten wie wild.

Tessa neigte sich zu Rufus hinüber. „Schau mal in die Kulissen. Da stehen ihre Eltern und kontrollieren genau, was sie macht.“

Auch Nina wusste das. Und bei ihrem dritten Lied ritt sie der Teufel. Während sie zwischen den Tischen hindurchging, wackelte sie mit dem Popo, wie sie es vorher bei der Sängerin beobachtet hatte, setzte sich einem der männlichen Komparsen kurz auf den Schoß, sprang lachend wieder auf und ging von der Bühne ab, während hinter ihr der Applaus aufrauschte. Tessa und Rufus konnten gerade noch sehen, wie Ninas Vater seine aufmüpfige Tochter beim Genick packte und wütend hin und her schüttelte.

„Ich glaube, jetzt wissen wir genug über sie für unser Stück. Was meinst du?“, flüsterte Rufus.

Tessa nickte ernst. „Mehr als genug.“

5

Am nächsten Tag fanden sie sich bei Sonny zu Hause zu einer Besprechung zusammen. Rufus und Tessa waren gemeinsam mit Jeya und Yamal auf den Fahrrädern hinausgefahren. Pünktlich um drei Uhr klingelten sie am Gartentor.

„Also, Kinder, da war gestern vielleicht was los!“, sprudelte Sonny heraus, während sie die Freunde hineinließ. „Und unsere Nina ... die war einsame Spitze! Auch wenn ich die Lieder natürlich ätzend finde, aber wie sie das macht ...! Wie ein echter Profi.“

„Klar“, sagte Tessa. „Wenn es anders wäre, hätte sie nie so berühmt werden können. Da musst du echt was bringen.“

„Und ’ne ganze Pressemappe mit Infos haben wir von ihrer Mutter bekommen“, berichtete Manni stolz. „Ich glaube, die ist richtig geschmeichelt, dass wir ein Stück über ihre Tochter schreiben wollen.“

Cosima grinste viel sagend. „Natürlich soll alles so zuckersüß wie möglich werden. Die hat uns noch mit jeder Menge Geschichten aus Klein-Ninas Kindheit voll gestopft ...“

„Schon als Baby – nackend auf dem Eisbärenfell

bei ihrem ersten Fototermin – hatte unsere Nina eine ganz außergewöhnliche Ausstrahlung! Besonders von hinten ..." Rufus kopierte mit gekünstelter Stimme Ninas Mutter. „Wenn ich an die entzückenden Grübchen denke ..."

„So ungefähr", bestätigte Cosima lachend. „Die bildet sich tatsächlich ein, wir würden ihr das fertige Stück zu lesen geben, bevor wir mit den Proben beginnen. Damit sie dann alles rausstreichen kann, was ihr nicht passt."

„Und das wird eine Menge sein", stellte Tessa fest. „Wir haben nämlich auch noch ein bisschen recherchiert. Ihr werdet staunen."

Da es ein sonniger Spätsommertag war, nahmen sie um den großen Tisch auf der Terrasse Platz. Sonny brachte Gläser und einen Krug mit Saft und hielt ihre kleinen Brüder teils mit Bestechungsversuchen, teils mit wilden Drohungen vom Platz ihrer Besprechung fern.

Zunächst beschäftigten sie sich mit dem ausführlichen Material über Ninas Karriere, das sich in der Pressemappe befand. Die Blätter gingen von Hand zu Hand. Listen, in denen die Titel von Ninas Songs aufgeführt waren, andere mit der Aufzählung ihrer Fernseh- und Bühnenauftritte. Ein Lebenslauf, der sich wie aus einem Hollywoodfilm anhörte, und jede Menge Fotos von ihren zahlreichen Auftritten.

„Das hätten wir genauso gut selber erfinden können“, stellte Jeya fest. „Vielleicht sogar besser.“

„Genau“, stimmte Yamal ihr zu. „Ein spannendes Stück ergibt das jedenfalls nicht.“

„Nur Mut, Leute!“ Rufus warf Tessa einen bedeutungsvollen Blick zu und lehnte sich zufrieden seufzend zurück. „Wenn ihr hört, was wir erlebt haben, sieht die Sache schon wesentlich besser aus. Schieß los, Tessa, du kannst so was besser erzählen.“

„Ich? Gern. Aber wieso?“

Rufus kicherte. „Bei dir ist alles ein bisschen genauer. Du kennst mich doch ... Ich erinnere mich immer an Sachen, die gar nicht passiert sind ...“

„Stimmt leider. Also hört zu ...“

Und Tessa erzählte von ihrem Hilfsjob bei Rüdi und den Beobachtungen, die sie hinter der Bühne gemacht hatten. „Erinnert ihr euch, was wir Nina mit dem Stück zeigen wollten? Dass ihr Leben eigentlich nicht so besonders toll ist und dass sie eine Menge verpasst. Jetzt haben wir den Beweis, dass sie selbst es auch nicht so super findet und dass es sie ziemlich anödet. Na ja, vielleicht ist ihr das ja gar nicht klar und sie lässt nur an anderen ihre schlechte Laune aus ...“

„Ich denke, doch“, wandte Jeya ein. „Ich meine, wenn man schon solche Sachen sagt wie: Ich hasse euch alle! Das zeigt doch eindeutig, dass ihr die Singerei und das Leben als Kinderstar ziemlich stinken."

„Wenn ihre Eltern so streng sind, kriegt sie von der vielen Kohle garantiert auch nichts zu sehen. Das wird bestimmt alles für später auf die hohe Kante gelegt." Manni war nach Tessas Bericht sehr nachdenklich geworden. „Und dafür null Freizeit, keine Freunde … ich möchte nicht in ihrer Haut stecken."

„Ich auch nicht." Sonny schüttelte angewidert den Kopf. „So was sollten meine Eltern mal mit mir versuchen! Denen würd ich was erzählen. Na ja, jedenfalls haben wir jetzt jede Menge Stoff für unser Stück. Fangen wir gleich an?"

„Klar!", rief Rufus. „Die Story ist so heiß, die muss so schnell wie möglich auf die Bühne."

„Und was sagen wir Nina, wenn sie uns danach fragt?", erkundigte sich Yamal.

„Dass wir noch in der Vorbereitung sind. Und dass wir sie dann zu den Proben einladen werden", schlug Tessa vor.

„Und wenn sie protestiert? Ich meine, wenn sie sauer ist über die Sachen, die wir da auspacken?" Manni polierte mit besorgtem Gesichtsausdruck seine Brillengläser. „Könnte doch sein, dass sie total beleidigt ist."

Tessa wusste Rat. „Ganz einfach: Das Mädchen im Stück heißt nicht Nina, sondern … na, zum Beispiel Anneli oder so ähnlich. Dann können wir immer noch behaupten, wir hätten gar nicht sie gemeint, sondern wollten mehr so allgemein ein Kinderstar-Schicksal zeigen. Also – machen wir erst mal einen Entwurf. Drei Akte, sechs Bilder?"

„Das dürfte hinhauen", stimmte Sonny ihr zu. „Halt, stopp! Ich muss erst mal das Tonband einschalten, sonst vergess ich nachher die Hälfte." Wie immer fiel ihr das Amt der Protokollführerin zu, da sie eine Schreibmaschine besaß und schon recht flott darauf schreiben konnte. Ihren Kassettenrekorder hatte sie bereits vor der Besprechung auf dem Tisch aufgebaut. „So, jetzt kannst du losschießen, Tessa."

„Erstes Bild: Anneli kommt in eine neue Schule und spielt den großen Star, doch niemand geht darauf ein. Sie steht ziemlich im Regen, aber bei den anderen mitmachen will sie auch nicht. Sie mauert total und kann nicht verstehen, dass sie hier keine Fans hat, die sie pausenlos anhimmeln", schlug Tessa vor.

„Genau. Zweites Bild: Anneli zu Hause. Wir sehen, wie sie von den Eltern und Privatlehrern in die Mangel genommen wird. Musikstunden, Tanztraining, Kostümproben … keine Minute hat sie für sich", fuhr Sonny fort. „Und dann …" Sie überlegte.

„Na, dann muss irgendwas Dramatisches passieren, ist doch klar!", erklärte Yamal. „Jetzt muss die Spannung richtig angeheizt werden."

Jeya meldete sich zu Wort. „He, wie wär denn das: Anneli hört – oder sie beobachtet es durch ihr Zimmerfenster –, wie jemand aus ihrer Klasse nach ihr fragt und ihre Mutter denjenigen abwimmelt. Anneli hätte keine Zeit, sie müsse arbeiten."

„Gut! Daraufhin kriegt Anneli einen mordsmäßigen Hass und schwört, sich zu rächen. Sie will endlich auch mal tun, was ihr Spaß macht", spann Tessa den Faden weiter.

„Sie könnte zum Beispiel aus Wut ihre Zimmereinrichtung zerlegen!" Rufus malte sich die Szene schon in Gedanken aus. „Das rosa Himmelbett, die Musikanlage, der Fernseher, Schrank und Kommode … alles zu Kleinholz verarbeitet."

„Du Scherzkeks! Und wer baut das Zeug nach jeder Vorstellung wieder zusammen?", widersprach Manni ärgerlich, der zur Bühnenbild-Truppe gehörte. „Glaubst du, wir sind hier in Hollywood?"

„War ja nur so 'ne Idee. Schön wär's doch, oder?"

„Aber es wäre nicht ganz richtig", meinte Yamal. „Der Höhepunkt kommt nämlich immer erst im dritten Akt."

„Und was wird in diesem Stück bitte der Höhepunkt?", fragte Rufus. „Ich meine, das sollten wir vielleicht zuerst festlegen."

Rund um sich sah er in ratlose Gesichter.

„Gute Frage.“ Tessa seufzte. „Also ... das Problem ist doch, dass Anneli kein normales Leben führen darf. Sie sieht niedlich aus, hat eine gute Stimme, und ihre Eltern machen Kohle damit. Das ist der Ausgangspunkt.“

„Klar“, fuhr Jeya fort. „Und im zweiten Akt muss es darum gehen, dass sie das plötzlich schnallt und nicht mehr in dem Spiel mitmachen will. Aber was wird sie dann tun?“

„Ihren Eltern eine saftige Szene machen, so weit waren wir ja schon“, stellte Yamal fest. „Und da gibt's natürlich verschiedene Möglichkeiten ...“

„Sie nimmt Drogen oder geht ins Wasser oder futtert die Schlaftabletten ihrer Mutter.“

„Rufus!“, sagte Tessa mahnend.

„Was denn! Ich mein's ernst. Die ist doch in einer total bescheuerten Lage: Sie wird bewacht, sie muss funktionieren, weil sie ihre Verträge nicht platzen lassen kann, und sie hat niemanden, der ihr hilft und der sie da rausholt. Null Chance!“

„Aber Drogen oder Selbstmord sind doch keine Lösung. Schließlich soll unser Stück ein Happyend haben, oder etwa nicht?“, warf Cosima ein.

„Vielleicht könnten ihre Klassenkameraden ihr helfen?“, schlug Jeya vor.

„Wie denn – wenn sie nicht mit denen redet! Nein, nein, das muss am Schluss richtig krachen, ihr muss es irgendwie total dreckig gehen, damit die Eltern am Ende alles bereuen und sich bessern wollen.“ Manni redete sich in Feuer. „Entweder sie wird todkrank, oder sie hat einen schweren Unfall, oder sie ...“

„... kriegt ein Kind“, fuhr Rufus fort.

„Rufus, du Spinner, jetzt sei doch mal ernst!“, rügte Tessa ihn und bemühte sich, ihren Lachreiz zu überwinden.

„Also wisst ihr ...“, Jeya sah seufzend in die Runde, „so kommen wir nicht weiter. Im Grunde weiß keiner von uns, wie die Geschichte ausgehen könnte. Ich finde, wir besprechen das mit Frau Lindner und der ganzen Truppe. Vielleicht ist es so schwierig, weil Nina noch mittendrin steckt in der Story. Es macht ihr keinen Spaß mehr, aber sie steckt fest ... in ihren Verträgen, in dem, was das Publikum von ihr hören will, in dem, was ihre Eltern wollen ...“

„Jeya hat Recht“, stimmte Yamal ihr zu. „Vielleicht gibt’s ja auch noch eine andere Lösung: Ich hab mal von einer Theatertruppe gelesen, einem Profitheater mit richtigen Schauspielern, die haben ihre Stücke immer bei den Proben weitergeschrieben. Erst mal drauflos gespielt – und dabei rausgefunden, wie das Stück weitergehen musste.“

„Nicht schlecht. Man könnte es zumindest mal probieren“, meinte Sonny. „Kann doch sein, dass die Darstellerin der Nina ... oder Anneli plötzlich von ganz allein spürt, was sie in der Situation tun würde. Wer soll die überhaupt spielen?"

Rufus hob die Hand. „Ich stimme für Cosima. Sie ist so ein zartes Engelchen." Automatisch ging er vor ihrem Angriff in Deckung, während Cosima drohend aufsprang, um sich auf ihn zu stürzen. „Okay, okay, das Engelchen nehm ich zurück."

Manni grinste. „Wo er Recht hat, hat er Recht. Du siehst ihr ähnlich, du hast eine super Stimme und bist musikalisch ... Finde dich damit ab, Engelchen, es erwischt dich so oder so."

6

Dass Cosima die Idealbesetzung für die Rolle des Kinderstars war, darin war sich die ganze Klasse einig. Schwieriger war es da schon mit der Handlung des Stückes. Und schließlich kam man überein, dass man tatsächlich erst einmal mit dem Proben der ersten zwei Bilder beginnen und den weiteren Verlauf bei der Arbeit festlegen wollte. Vor allem Monika Lindner äußerte sich zufrieden über diesen Plan, bezog er doch sämtliche Theaterkids in die Entwicklung der Geschichte mit ein.

Manni hatte man die Rolle des Vaters zugeteilt. Und dass Bigge die Mutter spielen sollte, wurde ebenfalls einstimmig beschlossen. Rufus stellte den ehrgeizigen Agenten dar und Yamal den ständig abgehetzten, ungeduldigen Regisseur. Sonny bekam mit der Haushälterin, die sich immer wieder gegen heranstürmende Presseleute und Autogrammjäger verteidigen musste, eine interessante Rolle, während Jeya sich als Maskenbildnerin mit dem aufmüpfigen Kinderstar herumschlagen durfte.

Überhaupt bot das Stück eine Menge reizvoller Rollen für viele der Theaterkids. In den Pausen wurde über nichts anderes mehr gesprochen. So war es kein Wunder, dass Nina vom Beginn der Proben etwas mitbekam, auch wenn sie sich darüber geeinigt hatten, ihr vorerst nichts davon zu erzählen.

An diesem Tag sprach sie Sonny nach der Schule an. „Ich werde gleich mit dem Auto abgeholt. Hast du nicht Lust, mit uns zu fahren? Schließlich wohnen wir in derselben Straße ..."

„Aber ich hab mein Fahrrad da ...", versuchte Sonny sich herauszuwinden.

„Macht doch nichts! Das packen wir in den Kofferraum."

„Okay." Ist ja vielleicht ganz gut, dachte Sonny. Ich werd sie noch ein bisschen ausfragen.

Das Ausfragen allerdings kam von Ninas Seite. Kaum hatten sie es sich in den weichen Lederpolstern des Luxusschlittens bequem gemacht, rückte sie Sonny auf die Pelle.

„Ihr seid schon kräftig am Proben, stimmt's? Du hast mir doch gesagt, ich kann zuschauen, nicht wahr?"

Sonny wurde rot. „Ach, das sind noch keine richtigen Proben", sagte sie ausweichend. „Wir haben ja nicht mal das Stück fertig geschrieben. Wir probieren erst verschiedene Dinge aus. Ich sag dir schon rechtzeitig Bescheid, wenn's was zu sehen gibt."

Nina spürte, wie unbehaglich sich Sonny fühlte.

Die würde freiwillig kein Wort zu viel sagen. Sie musste diplomatisch vorgehen. „Hat Mama dir das Pressematerial gegeben?“, erkundigte sie sich beiläufig, als hätte sie noch keine Gelegenheit gehabt nachzufragen.

„Klar! Jede Menge, das war wirklich super von ihr.“ Sonny sehnte das Ende der Fahrt herbei, obwohl sie noch nie so luxuriös und schnell von der Schule nach Hause gebracht worden war.

„Und? Könnt ihr was damit anfangen?“

„O sicher, das war sehr hilfreich für uns. Wahnsinn, was du schon alles gemacht hast!“

„Ach, vergiss es.“ Eine Weile schwieg Nina verbissen. „Wie groß ist eure Theatergruppe eigentlich?“, erkundigte sie sich schließlich, nicht sonderlich interessiert.

„Du wirst es nicht glauben: Die ganze Klasse ist dabei“, antwortete Sonny lebhaft. „Wir brauchen ja nicht nur Darsteller, sondern auch jede Menge Leute für die anderen Jobs: Kostüme organisieren oder nähen, Kulissen bauen, dann die ganze Technik, du kennst das ja.“

„Und das macht ihr alles alleine?“

„Logisch. Natürlich unter der Leitung von Frau Lindner. Und Otto hilft uns auch. Der ist Ehrenmitglied der Theaterkids.“

„Otto? Wer ist das?“

„Was? Du kennst unsern Otto noch nicht? ‚Klein,

aber Otto'? Der Hausmeister des Schiller-Gymnasiums!"

„Ach, der Hausmeister." Es klang herablassend. „Nein, woher sollte ich den kennen?"

„Schade. Er ist ein echter Schatz. Helfer in allen Lebenslagen. Früher war er mal Boxer. Das hat sich schon als sehr nützlich erwiesen."

„Ehrlich?" Diesmal zeigte Nina echtes Interesse. „Hat er jemanden k.o. geschlagen? Bertold, mein Bodyguard, hat das mal gemacht. Leider hat er den Falschen erwischt." Sie kicherte. „Da war so ein unverschämter Pressefotograf, der drängte sich einfach in meine Garderobe und war nicht mehr rauszukriegen. Da hat Bertold zugeschlagen. Leider kam in dem Moment gerade der nette Aufnahmeleiter zur Tür herein. Der hat den Kinnhaken einstecken müssen, der Arme. Schließlich hat der Presseheini aber doch noch sein Fett abgekriegt. Die Garderobiere hat ihm das Tablett mit den schmutzigen Kaffeetassen über den Kopf gehauen. Ehe er zu Boden ging, hat sie ihn schnell zur Tür rausgeschubst."

Sonny prustete los. Nina stimmte in ihr Lachen ein. „Wahnsinn", gluckste Sonny. „Eine irre Geschichte. Dürfen wir die mit in unser Stück aufnehmen?"

„Nur, wenn du mir die Geschichte von Otto erzählst."

„Klar. Das war der Tag, als Frau Lindner zum Zahnarzt ging und wir allein proben mussten. Die großen Jungs, die in der Schulband spielen, wollten uns von der Bühne werfen, weil sie meinten, ihre Probe wäre wichtiger ...“

In diesem Augenblick hielt der Wagen vor Ninas Haus. Ninas Mutter stand bereits in der Einfahrt und riss die Tür auf.

„Nina! Wo bleibst du denn! In zehn Minuten müssen wir auf der Probe sein, das weißt du doch. Ich habe dir mehrmals gesagt, du sollst sofort losrennen, wenn die Schulglocke läutet.“ Ärgerlich zerrte sie Nina ins Haus.

Der Chauffeur war inzwischen ausgestiegen und hatte Sonnys Fahrrad aus dem Kofferraum gehoben. Ohne ein Wort schob er es zu ihr hin. Ihre Blicke trafen sich.

„Ist die immer so?“, rutschte es Sonny raus.

„Leider“, brummte der Chauffeur. So leise, dass es kaum zu hören war.

Nachdenklich ging Sonny davon. Für einen Augenblick war sie richtig super mit Nina ausgekommen. Sie hatten zusammen gelacht, und alles war wunderbar normal gewesen. Und dann ... Nina hatte sich nicht einmal mehr nach ihr umgedreht. Nicht einmal ‚Tschüss!‘ gerufen oder ‚Bis morgen!‘ oder wenigstens gewinkt. Wie ein Kleinkind hatte sie sich wegführen lassen.

Zu Hause angekommen lief Sonny zum Telefon und rief Tessa an. „Kannst du heute Nachmittag zu mir kommen? Ich hab neue Infos für unser Stück und … und ich muss mit dir reden."

Tessa kam eine Stunde später. „Na? Was ist los?", drängte sie, kaum dass sie allein in Sonnys Zimmer waren.

„Ach, ich … ich war einfach total durcheinander. Dass eine Mutter sich so idiotisch benehmen kann! So egoistisch." Und Sonny erzählte von der Autofahrt mit Nina und von ihrem Erlebnis vor der Villa der Arnolds. „Sie tut mir so Leid", beendete Sonny ihren Bericht. „Ich wünschte, wir könnten ihr helfen."

„Das werden wir, da bin ich sicher. Das nächste Bild in unserem Stück muss unbedingt im Studio spielen. Damit man sieht, wie hart Anneli rangenommen wird. Aber es darf auch nicht zu negativ sein. Schließlich sind wir noch nicht beim Höhepunkt. Warte mal …"

„Da könnte doch zum Beispiel ihr Vater reinkommen, der große Musikproduzent. Und der verkündet strahlend, dass die neue CD alle Verkaufsrekorde der Vergangenheit geschlagen hat. Er erzählt es Anneli und seiner Frau, die im Studio natürlich immer dabei ist, und die Eltern fallen sich um den Hals. Ganz außer sich vor Freude tanzen sie rum …"

„… und Anneli steht völlig gleichgültig daneben. Man sieht, wie einsam sie sich fühlt, und dass ihr das total egal ist“, vollendete Sonny den Satz. „Na bitte! Da haben wir doch schon unser drittes Bild.“

„Und das vierte müsste dann auf der Bühne spielen. Wie Anneli auftritt … der rasende Applaus vom Tonband, das Gejohle und Bravo-Schreien … und am Schluss irgendwie die große Katastrophe. Vielleicht könnte sie vorübergehend ihre Stimme verlieren?“

„Das wär eine Möglichkeit. Aber singen die nicht alle auf Play-back?“

„Ich bin mir nicht sicher. Wir werden sie einfach fragen“, schlug Tessa vor. „Eine andere Möglichkeit wäre, dass die Fans sie buchstäblich überfallen und fast erdrücken. Wie eine Meute, die einen Hasen jagt, treiben sie sie in die Enge … Nee, das geht nicht. Auf der Bühne?“

Sie hockten lange zusammen und redeten über das Stück und über Ninas Schicksal. Tessa blieb zum Abendessen bei den Scholls. Sie gab Sonny insgeheim wieder einmal Recht, dass zwei kleine Brüder echte Nervensägen sein konnten. Heute hatten sie es auf Tessas lange blonde Haare abgesehen. Einer rechts, einer links von ihr warteten sie auf die Gelegenheit, unauffällig an einer Strähne zu ziehen, während Tessa mit Sonnys Mutter sprach. Es tat ganz schön weh. Schließlich griff Tessa zur Selbsthilfe und ziepte heimlich zurück, mal den einen Jungenschopf, dann den anderen. Da sie sehr geschickt vorging, beschuldigten die Brüder sich gegenseitig und fielen mit wütendem Geheul übereinander her, woraufhin die Mutter sie kurzerhand ins Bett schickte. Tessa und Sonny atmeten erleichtert auf.

Später sahen sie sich – gemeinsam mit Sonnys Mutter, die bereits nach einer Viertelstunde fest eingeschlafen war – einen alten Spielfilm im Fernsehen an. Bis Tessa erschrocken auf die Uhr sah.

„Verflixt, ich muss gehen. Meine Eltern haben beide Vorstellung im Schauspielhaus, um halb elf ist sie zu Ende. Bis dahin muss ich zu Hause sein." Sie stand eilig auf.

„Ich begleite dich zum Bus." Sonny schaltete den Fernseher aus, legte ihrer Mutter eine Decke über die Füße und räumte die Gläser zusammen. „Ich weck sie, wenn ich zurückkomme. Sie ist immer total k.o. nach so einem Tag mit den Zwillingen."

„Kann ich verstehen." Tessa sah mitleidig auf die erschöpfte Frau Scholl hinunter. „Einer von der Sorte hätte ihr sicher auch gereicht."

Sonny lachte. „Kommt drauf an. Den meisten Stress machen sich die beiden zum Glück gegenseitig."

„Das hab ich gemerkt." Tessa half Sonny, Gläser, Obstteller und Gebäckschachteln in die Küche zu tragen, dann fragte sie vorsichtig: „Sag mal, erlaubt deine Mutter denn, wenn du so spät noch rausgehst? Ich will nicht, dass du meinetwegen Ärger kriegst."

„Kein Problem. Um die Zeit geh ich sowieso immer mit dem Hund von unserer Nachbarin Gassi. Die ist froh, wenn ich ihr das abnehme."

„Okay."

Der Boxermischling Robinson wartete bereits vor Ungeduld sabbernd hinter der Tür auf den abendlichen Spaziergang. Sonny kannte das. „Hast du ein Papiertaschentuch?", fragte sie Tessa.

„Ich denke schon ..."

„Gut. Das wirst du brauchen." Sonny öffnete die Tür mit ihrem Zweitschlüssel, den sie als Hundebetreuerin besaß, und Robinson stürzte sich sofort begeistert auf Tessa, um sie von oben bis unten abzuschnuppern und sein nasses Maul dabei gründlich an ihren Händen, ihren Jeans und ihrer Jacke abzuputzen. Tessa bedauerte, dass sie das Papiertaschentuch nicht vorher herausgeholt hatte.

„Er liebt dich", stellte Sonny begeistert fest. „Ist er nicht süß?" Sie nahm den Hund an die Leine und zog ihn mit sich. „Na los, jetzt beweg dich, Robinson!"

Und das tat er auch. Allerdings nicht zum Bus, sondern in die entgegengesetzte Richtung. Er zog, offensichtlich von irgendeiner Spur angelockt, so stark und entschlossen, dass er Sonny einfach hinter sich herschleifte.

„Geh du nur mit ihm Gassi, ich komm schon allein zum Bus!“, rief Tessa hinter ihr her. „Ist ja bloß um die Ecke.“ Dann rannte sie davon, froh, dem Sabbermaul entkommen zu sein.

„Du Idiot!“, beschimpfte Sonny den Hund. „Was hast du denn auf einmal? Wo willst du hin? Spinnst du? Fuß, Robinson! Bei Fuß! Stopp!!“

Robinson dachte nicht daran. In einer plötzlichen Kraftanstrengung riss er sich von der Leine los und stürmte in ein Grundstück hinein, dessen Zaun schadhaft und an einigen Stellen niedergetreten war. Die Villa darauf stand seit Monaten zum Verkauf, aber niemanden schien es zu interessieren.

„Verdammt …“ Sonny biss sich auf die Lippen. „Robinson! Hierher! Robinson!“

Wenn dem Hund nun etwas passierte? Er schien irgendwo hinter dem Haus zu sein, Sonny hörte ihn aufgeregt fiepen. Ob er hinter einem wilden Kaninchen her war? Katzen waren ihm ziemlich egal, er lebte mit zweien zusammen. Vielleicht ein Marder?

Vorsichtig stieg Sonny über den kaputten Zaun und tastete sich durchs Dunkel. Ein wenig zeichneten sich die hellen Mauern des heruntergekommenen Hauses gegen den dunklen Nachthimmel ab.

Aber es waren nicht nur die Mauern. Auch aus dem Innern des Hauses drang ein schwacher Lichtschein. Die Fensterläden waren fest verriegelt, doch drinnen schien sich irgendetwas durchs Haus zu bewegen … wie eine flackernde Kerze. Oder täuschte sie sich? Jetzt war es fort. War da überhaupt etwas gewesen? Sonny war sich nicht sicher. Vielleicht hatte es sich nur um den Widerschein eines Autoscheinwerfers gehandelt …

Sonny erschrak, als sich eine nasse Schnauze in ihre Hand bohrte. Doch dann atmete sie erleichtert auf. „Robinson, Gott sei Dank. Komm bloß weg hier, ich glaube, da spukt's!"

Sie kehrten auf die Straße zurück, und Sonny bog nach rechts ab, um dem Hund noch ein wenig Auslauf zu gönnen. Gleich das nächste Grundstück war das der Arnolds. Vielleicht war es deren Hund, dessen Geruch Robinson so aufgeregt hatte? Schließlich war der neu im Viertel und eine unerwünschte Konkurrenz! Konnte doch sein, dass er hier herumgestreunt war.

Ob Nina schon schlief? Sonny blickte zu ihrem Zimmer hinauf. Das Fenster stand weit offen. Ganz schön leichtsinnig, mit der großen Kastanie davor. Ein verrückter Reporter konnte problemlos über den Baum ins Zimmer gelangen. Na ja, das würde der Hund wohl rechtzeitig merken und seine Beißerchen mit Wonne in die sportlichen Waden des Mannes versenken oder notfalls die ganze Nacht unter dem Baum Wache halten. Sonny grinste bei der Vorstellung und malte sich die Szene genüsslich aus. Sie würde morgen in der Schule Nina davon erzählen.

7

Doch Nina kam am nächsten Tag nicht in die Schule. Entschuldigt wegen Krankheit, hieß es. Rufus allerdings, der am gestrigen Tag bei Rüdi gejobbt hatte, wusste es besser.

„Die haben Proben für eine Sendung in Österreich“, berichtete er Tessa. „Ich musste Rüdi helfen, die Requisiten zu verladen. Heute früh sind sie abgefahren.“

„Und wann kommen sie zurück?“

„Übers Wochenende haben sie frei. Die Sendung ist erst am Wochenende darauf, hat Rüdi gesagt.“

„Vielleicht bleibt sie dann ja die ganze Woche in Österreich?“, überlegte Tessa. „Das wär gar nicht schlecht, dann müssten wir uns keine Sorgen machen, dass Nina uns hier zwischen unsere Proben funkt. Sonny und ich … wir sind gestern ein gutes Stück weitergekommen.“

Bei der nächsten Probe lasen Sonny und Tessa abwechselnd vor, was sie sich für das dritte und vierte Bild ausgedacht hatten.

Gemeinsam mit der ganzen Truppe wurde der Text ausgearbeitet. Die Theaterkids trafen sich in der Regel zweimal in der Woche, und in den darauf folgenden Proben wurde intensiv am dritten Bild gearbeitet.

Da alle mit Feuereifer dabei waren, kamen sie gut vorwärts. Der Fall Nina beschäftigte sie mehr als jedes andere Thema. Vielleicht lag es auch daran, dass keiner von ihnen sich so ganz sicher war, ob Ninas Eltern nicht plötzlich eingreifen und die Aufführung verhindern würden. Dem musste man vorbeugen, man musste so schnell sein, dass das Stück gespielt wurde, bevor sie es überhaupt mitkriegten. Das machte das Unternehmen zu einem echten Abenteuer.

Und alle spielten besser als je zuvor. Cosima hatte sich großartig in die Rolle des Kinderstars eingelebt. Sie hatte eine klare, helle Stimme, und man spürte, welchen Spaß sie am Singen hatte. Bigge traf den aufgeregt-strengen Ton der Mutter ausgezeichnet, man konnte richtig Angst vor ihr bekommen. Und auch Manni als geschäftstüchtiger Vater, der einfach nicht sehen will, wie unglücklich seine Tochter ist, und nur mit Zahlen und riesigen Geldsummen jongliert, war große Klasse, wie alle fanden.

Tessa spielte eine Klassenkameradin von Anneli, zu der das Mädchen schließlich Vertrauen fasst und mit der sie Freundschaft schließt. Noch war ihre Rolle nur unbedeutend. Sie würde erst am Schluss einen wichtigen Part haben. So konnte Tessa vorerst neben Frau Lindner ihre Aufgabe als Regieassistentin wahrnehmen.

„Kinder, die Szene ist schon ausgezeichnet!", rief die Lehrerin zur Bühne hinauf. „Wir lassen sie noch einmal ohne Unterbrechung durchlaufen, dann ist Schluss für heute. Es ist ohnehin mächtig spät geworden, aber die Arbeit hat sich gelohnt. Also, alles auf Anfang bitte!"

Für die Szene, die im Studio spielte, hatten sie den Hintergrund und die Seiten der Bühne mit schwarzen Tüchern verhängt. Zunächst war nur Cosima zu sehen. Von einem einzelnen Scheinwerfer beleuchtet, stand sie hinter einem Mikrofon und sang. Aber kaum hatte sie eine Zeile beendet, kam über den Lautsprecher die vorwurfsvolle Stimme des Regisseurs – von Yamal gespielt –, der ein Dutzend Einwände hatte. Zugleich sah man jetzt Annelis Mutter im Hintergrund sitzen, die das Mädchen im Flüsterton ärgerlich ermahnte.

„Also noch mal!", rief der Regisseur in gereiztem Ton über den Lautsprecher. „Und denk an das, was ich dir gesagt habe. Mehr Kraft und Schwung! Du musst die Leute mitreißen! Und dabei liiieeeb! Viel mehr Gefühl, da müssen im Zuschauerraum Tränen fließen!"

„Jetzt reiß dich aber zusammen, Anneli, sonst werde ich hier mal andere Seiten mit dir aufziehen", zischte Bigge als Mutter. „Glaub nur nicht, mein

Fräulein, dass wir uns von dir blamieren lassen. Gib dir gefälligst Mühe!“

„Ja, Mama.“ Cosima sagte es leise, tieftraurig. Ein Bild der Hoffnungslosigkeit. Anneli begann jetzt von neuem zu singen, schlechter als zuvor, sie verhaspelte sich, wusste den Text nicht mehr und schlug entsetzt die Hände vors Gesicht.

„Noch mal!“, brüllte es aus dem Lautsprecher.

Anneli nickte gottergeben und setzte wieder an, doch sie brachte keinen Ton mehr heraus. Sie versuchte es ein paarmal, dann schrie sie plötzlich auf: „Ich kann nicht mehr! Ich will nicht mehr! Warum lasst ihr mich nicht endlich in Ruhe!“

Tessa neigte sich zu Frau Lindner hinüber. „Cosima ist echt spitze.“

Die Lehrerin nickte ihr lebhaft zu. Dabei fiel Tessas Blick über Frau Lindners Schulter hinweg auf die Saaltür, die nicht ganz geschlossen war, obwohl Tessa sie eigenhändig zugezogen hatte. Auf dem Flur brannte nur spärliches Licht, und draußen wurde es bereits dunkel. Stand da nicht jemand und starrte regungslos auf die Bühne? Wer konnte das sein? Um diese Zeit hielt sich doch außer ihnen niemand in der Schule auf. Jetzt drehte sich die Person um und stürzte hinaus. Sie nahm sich nicht einmal die Zeit, die Tür hinter sich zu schließen.

Nina!, schoss es Tessa durch den Kopf. Sie hatte sich hier hereingeschlichen und zugeschaut. Aber wie lange schon? Und was war jetzt? War sie sauer und lief zu ihren Eltern, um sich zu beschweren?

Vielleicht habe ich mich geirrt, beruhigte sich Tessa. Vielleicht war es eine der Putzfrauen. Nina hätte sich doch bemerkbar gemacht und etwas gesagt. Außerdem durfte sie ohne Bewachung gar nicht aus dem Haus. Wie hätte sie allein in die Schule kommen können – ohne Chauffeur oder Bewacher! Nein, je länger Tessa darüber nachdachte, desto sicherer war sie, dass sie sich getäuscht hatte.

Tessa war kaum eine Stunde zu Hause, als das Telefon klingelte. Sonny war am Apparat. „Tessa, hier ist der Teufel los! Nina ist verschwunden. Ihre Mutter hat mich gerade angerufen, Nina ist nicht nach Hause gekommen. Sie hatte starke Zahnschmerzen, deshalb sind sie aus Österreich zurückgekommen, um hier einen befreundeten Zahnarzt aufzusuchen. Einem anderen trauen sie wohl nicht. Der Chauffeur sollte unten warten. Nach zwei Stunden kam ihm das komisch vor, und er ist rauf in die Praxis gegangen. Der Zahnarzt war ziemlich sauer. Er hat die ganze Zeit auf Nina gewartet – und sie ist nicht erschienen. Offenbar ist sie einfach durch die Hintertür abgehauen, stell dir vor!"

„Also doch …", entfuhr es Tessa.

„Ja, wundern tut's mich nicht. Wahrscheinlich macht sie in aller Ruhe einen Stadtbummel und geht ins Kino, mit einer dicken Sonnenbrille auf der Nase. Vielleicht hat sie sich sogar heimlich eine Perücke zugelegt ... Na ja, Frau Arnold will es noch nicht an die große Glocke hängen, mit Polizei und so, weil dann sofort die Presse auf der Matte steht. Deshalb hat sie mich gebeten, alle Klassenkameraden anzurufen, ob sie was von Nina gesehen oder gehört haben ... Tessa? Du bist so still, bist du noch da?"

„Klar. Ich denke nach. Gib mir einen Moment Zeit, okay?"

Tessa überlegte fieberhaft. Wo konnte Nina stecken? Sie war nicht sofort nach Hause gestürmt, um ihren Eltern von dem Stück der Theaterkids zu erzählen. Das konnte doch nur heißen, dass Nina die Sache vor ihnen geheim halten wollte. Dass Nina gekidnappt worden war, hielt Tessa für ausgeschlossen. Niemand wusste, dass sie an diesem Tag aus Österreich zurückkommen und zum Zahnarzt gehen würde. Nein, sie hatte ihren Aufpasser ganz überlegt ausgetrickst, um in die Probe zu kommen. Und dann?

„Ist es möglich, dass jemand von einer Theaterszene so geschockt ist, dass er durchdreht?", murmelte Tessa, mehr zu sich selbst.

„Nö. Das müsste schon ein Geisteskranker sein. Wie kommst du jetzt darauf?", fragte Sonny verständnislos.

Tessa schwieg, in Gedanken versunken. Schließlich räusperte sie sich. „Sonny, was ich dir jetzt sage, behalt bitte für dich. Wenigstens vorläufig. Wir dürfen Nina nicht in den Rücken fallen."

„Natürlich nicht. Schließlich wollen wir ihr helfen. Was ist es denn, schieß los!"

„Nina war heute in der Probe. Wenigstens bin ich mir ziemlich sicher, dass sie es war. Sie hat die Szene im Studio gesehen ... und dann ist sie weggerannt."

„Mensch, das ist ja ein dickes Ei! Warum hast du uns nichts davon gesagt?"

„Weil ich gedacht habe, das kann gar nicht sein. Die kommt doch ohne Bewachung keinen Schritt aus dem Haus! Dass sie ihre Leute austrickst, daran hab ich im Traum nicht gedacht", beteuerte Tessa. „Sonst hätt ich Frau Lindner sofort darauf aufmerksam gemacht, ist doch klar."

Diesmal war es Sonny, die lange schwieg. „Tessa, glaubst du, dass du sofort herkommen kannst?", platzte sie schließlich heraus. „Wir müssen Nina suchen. Und ich hab so eine schwache Ahnung, wo. Ich rufe inzwischen die anderen an. Je mehr wir sind, desto besser."

„Okay, ich beeil mich."

Ihren Plan, bei Wind und Regen in der Dunkelheit mit dem Fahrrad bis in die Vorstadt zu fahren, verwarf Tessa sofort. Auf dem Küchentisch lag das Haushaltsportmonee. Sie hatte nach der Probe die

Einkäufe gemacht und zwei Kleider ihrer Mutter aus der Reinigung geholt, aber es steckten noch über hundert Mark darin. Sie würde sich das Geld für ein Taxi ausleihen, die Eltern wären sicher damit einverstanden. Bis die nach der Vorstellung nach Hause kamen, vergingen noch Stunden, so lange konnte sie nicht warten. Tessa nahm den Hörer ab und wählte die Nummer der Taxizentrale.

Sie kam gleichzeitig mit Rufus an, der sein Fahrrad schleudernd quer vor ihr zum Stehen brachte.

„Weißt du, was hinter den Andeutungen von Sonny steckt?“, fragte er aufgeregt, ohne sich lang mit einer Begrüßung aufzuhalten.

„Keine Ahnung, aber wir werden es gleich wissen. Komm!“

Yamal, Manni und Bigge trafen kurz nach ihnen ein. Jeya und Cosima hatten zu Hause nicht die Erlaubnis bekommen, so spät noch zu Sonny zu fahren, berichtete Yamal. Und seine Mutter hatte ihre Einwilligung nur unter der Bedingung gegeben, dass sein Vater ihn später wieder abholte.

Auch jetzt verriet Sonny ihnen nichts Genaues über ihr Vorhaben. Sie bat sie lediglich, ihre Jacken gleich anzubehalten.

„Es ist nur eine Vermutung. Eine klitzekleine Hoffnung“, sagte sie, „aber ich habe so ein Gefühl … Na kommt, wir müssen einen kurzen Spaziergang machen.“

Tessa sah nach, ob sie Papiertaschentücher bei sich hatte. Jede Wette, dass Robinson mit von der Partie war! Sie hatte sich nicht getäuscht. Nach der feuchtklebrigen Begrüßung aller Beteiligten forderte Sonny den Boxermischling auf, zu dem leer stehenden Haus zu laufen und dort seine gewohnte Spur aufzunehmen. Sonny winkte den Freunden, ihr über den kaputten Zaun zu folgen und so leise wie möglich zu sein. Im Gänsemarsch drangen sie bis in den hinteren Bereich des Grundstücks vor.

Sie befanden sich in einem verwilderten Garten. Auch die Kieswege waren dicht von Unkraut überwuchert, was die Schritte dämpfte. Die sechs Freunde ahnten, worauf Sonny hinauswollte. Die näherte sich jetzt dem von Buschwerk verdeckten Kellereingang an der Rückseite des Hauses. Sie winkte die anderen heran und rückte nun endlich mit der Sprache heraus.

„Immer wenn ich spätabends mit Robinson Gassi gehe, will er hier rein. Und immer wieder habe ich da drinnen so was wie einen schwachen Lichtschimmer gesehen", flüsterte sie. „Ich hab mir gesagt, da haust vielleicht ein Penner. Die Villa ist ja total leer geräumt. Aber da ist noch etwas anderes: Gleich nebenan ist das Grundstück der Arnolds. Ninas Zimmer liegt auf dieser Seite. Und das Fenster von Ninas Zimmer stand jedesmal offen, wenn ich abends hier mit Robinson vorbeikam. Tagsüber ist es immer geschlossen. Und noch etwas. Genau vor ihrem Fenster steht ein super Kletterbaum, den könnte man glatt als Leiter benutzen ..."

„Das gibt dem weisen Mann zu denken", murmelte Rufus. „Ich rieche was von heißer Spur. Gehn wir rein?"

„Deshalb hab ich euch hergeholt. Allein wär ich zu feige gewesen", gestand Sonny. „Aber seid um Himmels willen leise. Hier hab ich eine Taschenlampe. Ich hab mir das Haus mal bei Tag angesehen. Hier geht die Treppe zum Keller runter. Die Kellertür ist rausgebrochen, man kann easy ins Haus. Drinnen geht rechts eine Treppe hoch. Aber oben war ich noch nicht. Hätte ja sein können, dass sie mich beobachten. Ich hab immer so getan, als müsste ich Robinson da rausholen."

„Gut! Also dann ... mir nach, Leute!" Rufus nahm die Taschenlampe an sich und tastete sich, vorsichtig Fuß vor Fuß setzend, die von nassem Laub bedeckten Stufen zum Kellereingang hinunter.

Dicht hinter ihm folgten Bigge und Tessa, dann kamen Yamal und Manni. Das Schlusslicht bildete Sonny mit Robinson, der begeistert hechelte und jeden Winkel abschnüffelte.

„Iiii!", quietschte Bigge auf.

„Psst! Was ist denn?" Rufus wandte sich ärgerlich um.

„Ich bin mit dem Gesicht in eine Spinnwebe geraten."

„Mann, die tut dir doch nichts. Bleib dicht hinter mir, dann passiert dir nichts."

Die Tür zum Erdgeschoss fehlte ebenfalls. Sie betraten eine geräumige Halle, von der aus man in verschiedene große Zimmer gelangte. Sämtliche Türen standen weit offen, so dass die Straßenbeleuchtung, die durch die Ritzen der altersschwachen Fensterläden fiel, ein wenig Licht gab. Eine breite, geschwungene Treppe führte in den ersten Stock hinauf.

Sie blieben stehen und lauschten angestrengt ins Dunkel. Im Haus war nichts zu hören außer den Geräuschen des leisen Nieselregens auf Bäumen und Büschen draußen und denen des fernen Autoverkehrs auf der Hauptstraße. Durch ein zerbrochenes Fenster drang der Wind herein und ließ eine Tür hin und her klappen.

Rufus knipste die Taschenlampe an und leuchtete die Umgebung ab. „Hier ist nichts. Sehen wir mal oben nach." Er ließ den Strahl der Taschenlampe die Stufen hinaufwandern.

„Hier ist wohl was!" Tessa nahm ihm die Lampe ab. „Gib mal her, da knirscht was unter meinen Füßen." Sie bückte sich und beleuchtete die Stelle. „He! Seht euch das an … so was nennt man ja wohl einen Beweis! Pfui, Robinson, hau ab!"

Robinson hatte den Beweis ebenfalls entdeckt und sich sofort darangemacht, ihn zu vertilgen: eine Handvoll Kartoffelchips, die jemand aus einer Tüte verloren haben musste. Außerdem gab es auf dem verschlissenen Teppichbelag der Treppe jede Menge Spuren von verkleckertem Wachs.

„Ich komm mir vor wie Sherlock Holmes.“ Manni kicherte nervös. „Da – hört ihr das auch?“

„Schritte!“, flüsterte Sonny „Sie sind über uns. Im Dachgeschoss.“

„Los, kommt!“ Jetzt übernahm Tessa die Führung. Sie wusste selbst nicht, was sie so sicher machte, dass sie Nina hier finden würden.

Kurz leuchtete sie in die Zimmer des ersten Stocks hinein. Vier Schlafzimmer waren es und ein geräumiges, altmodisches Bad. In den Zimmern hing die Tapete in Fetzen von den Wänden. An anderen Stellen waren helle Quadrate zu sehen, dort hatten vermutlich Bilder gehangen. In einem der Zimmer stand ein Kinderbett ohne Matratze und Boden.

„Alles leer“, flüsterte Rufus. „Kommt weiter!“

Die Treppe zum Dachgeschoss war schmal und gewunden. Die Stufen knarrten unter ihren Schritten, und sie blieben immer wieder erschrocken stehen und lauschten nach oben.

„Da ist Licht!“, wisperte Bigge aufgeregt. „Kerzen …“

Jetzt hörte man die Schritte deutlicher. Und noch etwas …

„Hört ihr das? Sie singt!" Yamal schob sich an Tessa und Rufus vorbei und näherte sich der Tür, um einen Blick durch das Schlüsselloch zu werfen. „Mist, nichts zu sehen. Sie hat es wohl mit Papier zugestopft."

Alle sechs standen jetzt im Halbkreis um die Tür.

„Gehn wir rein?", fragte Tessa unschlüssig. „Sie wird sich zu Tode erschrecken."

„Klar gehen wir rein. Wozu sind wir denn hergekommen? Wir wollen ihr doch helfen, oder? Sie wird's überleben", meinte Rufus. „Wir müssen ihr ja keinen Schreck einjagen. Sonny, dich kennt sie am besten. Ruf nach ihr!"

„Okay. – Nina? Nina!"

Keine Antwort. Die Schritte bewegten sich weiter im Raum hin und her. Nina schien zu tanzen, dabei sang sie leise vor sich hin.

Sonny versuchte es noch einmal. „Nina! … Nina, ich bin's, Sonny."

„Sie hört einfach nicht", stellte Tessa fest. „He, vielleicht hat sie Kopfhörer auf!"

„Der Kandidat hat hundert Punkte, das wird's sein", lobte Rufus sie. „Wer geht zuerst?"

Die Frage entschied sich von selbst. Robinson drängte sich an ihnen vorbei, stemmte die Tür auf, die sich nicht mehr richtig schließen ließ, und lief zielbewusst auf einen alten Koffer zu, auf dem zwei Kerzen, ein Pappbecher und etliche Tüten mit Knabberzeug standen. Offensichtlich hatte er sich hier schon öfter bedient.

Nina tanzte, große Kopfhörer auf den Ohren, den Kassettenrekorder an den Gürtel gesteckt, mit geschlossenen Augen vor sich hin. Ihr Gesicht war nass von Tränen. *„No! No more! No … You won't hurt me no more …"*

Tessa bekam eine Gänsehaut. Den anderen ging es nicht viel besser. Fassungslos starrten sie das Mädchen an. Nichts erinnerte mehr an die kleine Nina, die auf der Bühne ihre herzzerreißenden Volkslieder sang. Jetzt trug sie mutwillig zerfetzte Jeans und ein ausrangiertes Hemd ihres Vaters, die Haare waren zu einer wilden Mähne toupiert. Im Rhythmus der Musik schwang sie Arme und Hüften. Dabei strahlte sie so viel Trauer und verzweifelte Wut aus, dass auch der Dümmste begreifen musste, was in ihr vorging.

Als Erste löste sich Sonny aus ihrer Erstarrung. Sie trat ihr entschlossen entgegen. „Nina!"

Es war Robinson, den Nina zuerst bemerkte, und das war gut so. Der Anblick des Hundes, der sich mit hastiger Gier über die Tüten mit Keksen und Chips hermachte, wobei er das Papier mit den Vorderpfoten festhielt und durch heftiges Kopfschütteln zerriss, erschreckte sie zwar, amüsierte sie aber zugleich. Erst dann sah sie Sonny im Türrahmen stehen.

Nina wurde blass. Langsam nahm sie die Kopfhörer ab.

„Sonny! Wie … wie kommst du denn hierher? Wie hast du mich gefunden?“

„Robinson hat dich gefunden. Krieg keinen Schreck. Wir sind sechs Leute hier … alle vom Theaterkids-Team. Deine Eltern suchen dich, sie haben bei uns angerufen …“

Nina machte einen Schritt nach hinten, als wolle sie fliehen.

„Nein, nein, du brauchst keine Angst zu haben, wir haben dich nicht verraten“, sagte Tessa schnell. „Was zwischen dir und deinen Eltern ist, ist einzig und allein dein Problem, da mischen wir uns nicht ein. Aber … ich weiß, dass du heute bei unserer Probe warst, Nina. Ich hab gesehen, wie du weggelaufen bist. Und wir würden gern wissen, warum. Deshalb wollten wir mit dir reden.“

„Das geht euch alles überhaupt nichts an. Lasst mich ganz einfach in Ruhe, okay? Haut ab!“ Heftig wandte sie sich um und drehte ihnen den Rücken zu.

Jetzt hatte Rufus seinen großen Auftritt. Ruhig schob er sich ins Zimmer. „Red keinen Quatsch, Nina. Das meinst du doch nicht im Ernst. Du weißt ganz genau, dass du keine Wahl hast. Und dass wir im Moment vielleicht die Einzigen sind, die auf deiner Seite stehen. Eigentlich müsstest du das doch schon auf der Probe gemerkt haben. Also … ich behaupte mal, dass wir besser wissen, wie du dich fühlst, als deine werten Eltern."

Die Reaktion auf Rufus' Worte kam für alle überraschend. Nina sank in sich zusammen, hockte sich auf das Lager aus Kissen und Decken, das sie sich in einer Ecke bereitet hatte, schlang die Arme um die Knie und begann jämmerlich zu schluchzen. Die anderen sahen sich betreten an. Nur Robinson schritt zur Tat und bemühte sich hingebungsvoll, Nina das Gesicht abzulecken. Erstaunlicherweise ließ sie es sich gefallen, sie umarmte den Hund sogar.

Das brachte Tessa und Sonny in Bewegung. Von beiden Seiten knieten sie sich neben das Mädchen, strichen ihr tröstend über den Rücken und zückten ihre Taschentücher, um Ninas Gesicht von Robinsons Spuren zu reinigen.

Rufus sah sich um. „Hübsch hast du's hier. Eine echt gemütliche Höhle. Wie wär's mit einer Party?"

Tessa wiegte Nina in den Armen wie ein kleines Kind. „Die können wir auch morgen feiern. Ich finde, du solltest jetzt nach Hause gehen, Nina, ehe deine Eltern die Polizei benachrichtigen und ein Riesen-Presserummel losgeht. Wir verraten dich nicht, verlass dich drauf. Sag ihnen, was du willst.

Dass du einfach mal einen Stadtbummel machen wolltest oder eine Freundin getroffen hast oder im Kino warst … oder dass du dich verlaufen hast. Und morgen in der Schule reden wir in Ruhe über alles, okay?“

8

Es hatte eine Weile gedauert, bis sie Nina davon überzeugt hatten, dass es unklug war, sich jetzt mit ihren Eltern anzulegen. Sie hätte damit höchstens eine noch strengere Bewachung riskiert. Und die Chancen, an ihrer Lage etwas zu verändern, wären gleich Null gewesen. Das hatte Nina schließlich eingesehen. Sie hatte es sich gefallen lassen, dass Sonny und Bigge ihr die Haare kämmten und aus ihr wieder das brave Mädchen machten, als das man sie kannte. Was ihre ungewohnte Kleidung anging, waren sie übereingekommen, dass Nina sagen sollte, sie habe sich mit Klassenkameradinnen getroffen und sich die Sachen ausgeliehen, um nicht aufzufallen. Die Tatsache, dass Nina eigene Jeans zerschnitten hatte, hätte ihren Eltern vermutlich den Rest gegeben, wie Bigge treffend bemerkte. Nina hatte einen Kinobesuch mit anschließendem Pizza-Essen mitgemacht ... die Freundinnen hatten sie eingeladen. Wenn sie vorher gefragt hätte, hätten es die Eltern ja doch nicht erlaubt ... So ungefähr sollte sie argumentieren.

Vom dunklen Nachbargarten aus hatten sie verfolgt, wie Nina geklingelt und das Haus betreten hatte, sie hatten die aufgeregten Stimmen der Erwachsenen gehört und die Stimme von Nina, die überraschend ruhig und klar geklungen hatte.

Heute Morgen waren Tessa und Rufus früher als sonst in die Schule gekommen, um die übrige Truppe zu informieren. Klar, dass sie jetzt alle hinter Nina stehen und ihr den Rücken stärken mussten.

Nicht jeder zeigte sich begeistert über die neue Entwicklung. Es stellte sich heraus, dass der eine oder andere eine Menge Vorurteile gegen das Mädchen hatte.

„Soll die jetzt etwa zu den Theaterkids gehören? Und vielleicht auch noch bei uns mitspielen?", empörte sich Anne. „Das tut die doch nie! Höchstens, wenn sie den großen Star rauskehren kann und wir ihr alle die Füße küssen müssen."

„Vielleicht sollten wir dann besser ‚Die Prinzessin auf der Erbse' aufführen. Das passt wenigstens zu ihr", motzte Joe.

„Wir können ja mal den Test machen", schlug ein anderer grinsend vor. „Drei seidene Kissen auf ihren Platz legen und darunter eine Erbse – und sie dann fragen, ob's sehr wehtut."

„Stark! Der Erbsentest für Prinzessin Nina!" Helga quiekte vor Vergnügen. „Wetten, die würde ihn bestehen?"

„Aber wo kriegen wir eine so kleine Erbse her?

Und so dicke Kissen für ihren zarten Hintern?“, rief einer aus den hinteren Reihen.

Er erntete schallendes Gelächter.

„Ihr spinnt doch total!“, rief Tessa wütend. „Ihr werdet euch noch wundern. Wir haben sie gestern mal ganz anders erlebt. Sie hat eine Popnummer gesungen, war echt fetzig aufgemacht. Euch wären die Augen rausgefallen vor Staunen. Natürlich dürfen ihre Eltern nichts davon wissen, sie macht das nur heimlich. Aber glaubt ihr im Ernst, die würde sich privat auch nur eins von den Liedern anhören, die sie singt? Ich meine, es ist doch idiotisch, sie nur nach dem Kleinmädchenkrampf zu beurteilen, den sie da im Fernsehen abliefern muss, weil die Leute es sehen wollen und es eine Menge Kohle bringt.“

Das zog. Tessas leidenschaftliche Rede überzeugte auch die Misstrauischsten.

Nina betrat den Klassenraum im letzten Moment. Gleich hinter ihr erschien Frau Heckenroth, die gefürchtete Mathelehrerin. Doch als Nina zu ihrem Platz flitzte und sich setzte, sah sie um sich herum nur strahlende Gesichter, die ihr freundschaftlich zunickten. Und Cosima hatte ihr ein kleines Geschenk auf den Tisch gelegt. Eine winzige Schildkröte aus Ton, die sie selbst modelliert und gebrannt hatte. Man konnte sie als Anhänger an einer Kette tragen. Sie saß auf einem kleinen Zettel, auf dem stand: „Ein Talisman für dich. Damit du dich besser wehren kannst, wenn sie dich unter Druck setzen." Nina umarmte Cosima heftig. Dann nahm sie die kleine Schildkröte in die Hand und ließ sie während des gesamten Unterrichts nicht mehr los.

In der Pause blieben Tessa, Rufus, Bigge und Sonny bei Nina im Klassenraum.

„Und? Wie lief's?", erkundigte sich Tessa.

„Ziemlich ätzend. Aber sie haben's geschluckt. Kein Stubenarrest oder so was. Ich hab mich natürlich wahnsinnig entschuldigt. Hab gesagt, ich hätte gar nicht gemerkt, wie spät es schon ist … weil es so ein super Abend war, mal so richtig mit Freundinnen ratschen und rumalbern … Und dass ich nicht angerufen habe, weil ich Angst hatte, dass sie mich dann sofort holen würden."

„Auweia, da hast du ihnen ganz schön was zu schlucken gegeben." Bigge bewunderte Ninas Mut. „Und was passierte dann?"

„Papa hat rumgebrüllt, aber Mama hat ihn schließlich beruhigt. Sie hat gesagt, dass er froh und dankbar sein soll, weil ich heil wieder zu Hause bin. Und dass sie mich auch ein bisschen verstehen kann, wo ich noch nie Freundinnen in meinem Alter gehabt hab. Ja, und dass es nur natürlich ist, wo ich jetzt auf eine öffentliche Schule gehe, dass ich auch mal mit Gleichaltrigen zusammen sein will. Sie wären vielleicht wirklich zu ängstlich und zu streng mit mir gewesen …"

„Na, hoffentlich schreiben sie es sich hinter die Ohren“, platzte Rufus heraus. „’tschuldige Nina, nichts gegen deine Eltern, aber in dem Punkt sind sie echt unterentwickelt.“

„Klar, das find ich ja auch! Aber jetzt werd ich einiges ändern, ihr werdet ja sehen.“

„Super! Du siehst auch heute schon ganz anders aus, find ich. So ... normal“, beteuerte Sonny. „Findet ihr nicht?“

Tessa sah Nina mit schräg gelegtem Kopf prüfend an. „Genau. Mutig und abenteuerlustig.“

„Schade, dass ich morgen wieder nach Österreich muss“, sagte Nina bedauernd. „Die heißen Proben für die Sendung am Wochenende, ihr wisst schon. Aber danach ist bis Weihnachten erst mal Schluss.“

„Und wenn du aus Österreich zurückkommst, machen wir eine Party in deiner Höhle oben“, schlug Rufus vor.

Tessa korrigierte ihn. „Eine Lagebesprechung mit Party. Schließlich haben wir eine Menge zu bereden.“

„Allerdings“, antwortete Nina mit Nachdruck.

Während Nina zurück nach Österreich fuhr, berichteten Tessa und Rufus ihrer Theaterleiterin vor der nächsten Probe, was sich inzwischen ereignet hatte. Monika Lindner war nicht überrascht darüber, dass es Nina keine Ruhe gelassen hatte, einen Blick auf die Proben für das Stück zu werfen, das von ihrem Leben handelte. Umso mehr erschrak sie, als sie von den darauf folgenden Ereignissen hörte.

„Da ist ja wohl eine Bombe hochgegangen. Warum habt ihr mir denn nicht eher Bescheid gesagt?“

„Na ja ... wir haben gedacht, es sei fairer Nina gegenüber, wenn wir alle Erwachsenen draußen lassen. Sie ist so misstrauisch, was das betrifft. Sie hat eben noch keine guten Erfahrungen gemacht, denk ich. Kein Wunder, wenn man immer nur Befehle und Besserwisserei erlebt ... Wenn ich dauernd so rumkommandiert würde, wär ich, glaube ich, schon längst Amok gelaufen.“ Tessa schnaufte wütend bei dieser Vorstellung. „Aber wehren kann man sich vielleicht nur, wenn man von Anfang an dazu erzogen wird, selbstständig zu sein und seinen eigenen Kopf zu gebrauchen.“

„Eine kluge Erkenntnis, Tessa.“ Die Lehrerin lächelte. „Und ein wichtiges Thema, das wir vielleicht in unserem Stück mehr berücksichtigen sollten.“

„Ich finde, wir sollten es ganz deutlich aussprechen. Am besten am Schluss des letzten Bildes oder in einem Epilog“, schlug Rufus eifrig vor. „Und den sollte Nina sprechen!“

„Genau! Super! Ich bin sicher, sie macht das. Ich werd mit Sonny nachher gleich den Text ausarbeiten." Tessa zückte ihren Block und machte sich ein paar Notizen.

Allmählich füllte sich die Bühne, die Theaterkids richteten die Dekoration für das Anfangsbild her und bereiteten sich auf einen Durchlauf des ersten Aktes vor. Manni und Bigge kümmerten sich um die benötigten Requisiten.

„Okay, dann lasst uns mal starten", sagte Monika Lindner. „Die Zeit läuft uns sonst wieder davon."

Tessa formte die Hände zu einem Trichter. „Alles auf die Plätze, wir fangen an!", rief sie zur Bühne hinauf.

Oben war ein Klassenraum angedeutet, es gab eine Tafel, einen Tisch, der als Pult für die Lehrerin diente, die von Helga gespielt wurde, und ein paar Bänke und Tische für die Schüler. Ein dreimaliges Klatschen von Monika Lindner musste vorerst den sich öffnenden Vorhang ersetzen.

Auf der Bühne herrschte ein ziemliches Durcheinander, begleitet von Gesprächen und Gelächter, wie es für den Schulbeginn nach den Ferien typisch ist. Von rechts trat jetzt Helga auf, an ihrer Seite Cosima, die sie als neue Schülerin vorstellte.

Nun war Cosima an der Reihe. Sie musste vor die Schüler treten und ihren künftigen Klassenkameraden etwas über sich erzählen. Die hatten sich bereits gelangweilt weggedreht und unterhielten sich tuschelnd miteinander.

„Hi, Fans“, rief Cosima. „Wer’s noch nicht weiß: Ich bin Anneli Schön. Ich freue mich, dass ich ab heute bei euch bin und endlich auf eine ganz normale Schule gehen darf …“ Plötzlich unterbrach sich Cosima. „Entschuldigung, Frau Lindner, ich möchte etwas sagen. Ich weiß, wir sollten nicht unterbrechen, aber …“

„Schon okay, Cosima. Worum geht’s?“

„Ich hab vorhin hinter der Bühne was aufgeschnappt. Also, es war eigentlich etwas, über das ich selber schon die ganze Zeit nachdenke …“ Sie stockte und suchte nach den richtigen Worten.

„Ja? Über was denkst du nach, Cosima?“

Cosima gab sich einen Ruck. „Also – ihr wisst alle, dass ich diese Rolle wahnsinnig gern spiele. Nun hab ich vorhin gehört, wie jemand gesagt hat: Wär doch toll, wenn Nina die Rolle selbst übernehmen würde. Aber das können wir Cosima nicht antun, die wäre total enttäuscht. – Na ja … ein bisschen stimmt das schon, sicher wäre ich traurig. Aber andererseits … ich fände das einsame Spitze, wenn Nina spielen würde, weil … so könnte sie doch allen Leuten zeigen, dass sie viel mehr auf dem Kasten hat, als Kinderlieder zu trällern. Und das fänd ich super.“

Alle Köpfe hatten sich ihr zugewandt. Auf der Bühne und im Saal herrschte Totenstille. War das Cosimas Ernst? So ein Opfer zu bringen? Auf eine

Hauptrolle zu verzichten, die sie so klasse spielte! Die Theaterkids sahen Cosima fast erschrocken an.

„Cosima“, sagte Monika Lindner schließlich. „Ich finde es ganz toll von dir, dass du uns dieses Angebot machst. Nun, wenn es deine ehrliche Meinung ist, denke ich, solltest du selbst mit Nina reden. So offen, wie du es eben uns erklärt hast. Anscheinend hat Nina dich ja auf der Bühne gesehen und war sehr beeindruckt von deiner Darstellung. Ich finde wirklich, ihr solltet das untereinander ausmachen. Vielleicht einigt ihr euch auch darauf, dass ihr die Rolle abwechselnd spielt? Wir werden das Stück sicher ziemlich oft aufführen. Da lohnt sich die Doppelbesetzung. Einverstanden? – Dann lasst uns weitermachen.“

Als Cosima später von der Bühne abging, umarmte Rufus sie spontan. „Was hab ich gesagt? Du bist ein Engelchen. Nur …“ Mit ernsthaft besorgtem Ausdruck drehte er sie um und betastete ihren Rücken. „Da! Ich hab es gewusst! Da sind sie. Ganz flach zusammengefaltet. Und sie leuchten durch dein Sweatshirt durch wie … wie Scheinwerfer!“

„Was denn?“, fragte Cosima verwirrt.

„Deine Engelsflügel.“

9

Die Höhlenparty, wie Rufus sie nannte, wurde von seinen Eltern großzügig ausgestattet. Der Hinweis, dass es sich um eine kleine Feier zu Ehren von Nina handelte, genügte, um Mutter Starck einen großen Korb mit Leckereien packen zu lassen. Kalter Braten, Schinken, gegrillte Hähnchenschenkel, Salate, Gewürzgurken – nichts fehlte. Getränke und Brot spendeten Sonny und Bigge, Tessa sorgte für Partygeschirr, Servietten und Kerzen.

„Hoffentlich kommt sie überhaupt“, sagte Jeya besorgt, die diesmal ebenso dabei war wie Cosima. „Nicht, dass sie ihr ausgerechnet heute auf die Schliche kommen!“

„Oder den Baum absägen …“, murmelte Rufus. „Ach nein, der steht noch, hab ich gesehen.“

Sie brauchten nicht mehr lange zu warten. Gerade als sie mit dem Aufbauen der mitgebrachten Schätze fertig waren, betrat Nina das Dachbodenzimmer.

„Wow! Mann, das ist ja einsame Spitze! Und ich hab gar nichts mitgebracht, außer …“ Nina nahm ihren Rucksack ab und schüttete den Inhalt auf den Boden. Mehrere Tafeln Schokolade, Tüten mit

Bonbons und Gummibärchen, Keksschachteln und Pralinenpackungen prasselten auf den Boden. „Das hab ich aus dem Vorrat an Süßigkeiten, die meine Fans mir immer schicken. Meistens Omas, die mich gern als Enkelin hätten. Na ja, immer noch besser als die selbst gehäkelten Trachtenwestchen, mit denen sie mich beglücken."

„Und das nennt sie nichts!" Rufus fielen fast die Augen aus dem Kopf vor Begeisterung über das Süßigkeiten-Angebot.

Tessa sah ihn kopfschüttelnd an. „Mann, Rufus, beherrsch dich! Du bist ja fast so gefräßig wie Robinson."

„Na und? Es reicht für uns beide."

Sie lagerten sich im Kreis um die Decke, auf der Speisen und Getränke angerichtet waren. Einstimmig wurde beschlossen, es sich erst mal schmecken zu lassen und danach die Besprechung abzuhalten. Und sie ließen sich Zeit mit dem Genießen. Es war mindestens so schön wie die heimlichen Mitternachtspartys, von denen man immer in den Büchern las.

„So, Leute, keine Müdigkeit vorschützen!" Rufus klatschte in die Hände. „An die Arbeit!"

„Arbeit?", fragte Nina gedehnt.

„Logisch! Wir haben wichtige Dinge zu diskutieren. Zuerst gebe ich Cosima das Wort."

„Ach? Ich wusste gar nicht, dass du hier der Talkmaster bist", neckte Tessa ihn. „Aber bitte ... meinetwegen."

„Dein Amt als Klassensprecherin reicht nicht bis hierher", erwiderte Rufus.

„Das hab ich auch nicht gemeint."

„O Mann! Jetzt lasst doch mal Cosima ran", rügte Manni die beiden. „Sonst kommen wir nie in Gang."

Tessa machte eine entschuldigende Geste und verschloss ihren Mund mit der Hand. Auffordernd blickte sie zu Cosima hinüber.

Die räusperte sich. Wie sollte sie anfangen? „Ja, also ... Tessa hat mir erzählt, Nina, dass du dir unsere Probe angesehen hast. Dann weißt du ja auch, dass ich die Rolle des Kinderstars spiele. Wir haben sie Anneli genannt. Aber bei allem, was inzwischen passiert ist, denke ich ... finden wir ... dass es viel besser wäre, wenn du die Rolle selbst spielen würdest."

Nina sah Cosima überrascht an. „Bist du verrückt? Das würde ich nie tun!"

In den Gesichtern rundum mischte sich Erstaunen mit Enttäuschung. Fand Nina es auch jetzt noch unter ihrer Würde, bei den Theaterkids mitzumachen? Doch sie klärte diesen Irrtum mit dem nächsten Satz auf.

„Cosima! Ich kann ein bisschen singen und mich auf der Bühne vor dem Publikum ganz gut bewegen, okay. Aber deswegen bin ich doch noch keine Schauspielerin. Und eine so gute wie du schon dreimal nicht. Vergiss es!“

Cosima wurde rot vor Freude. Sie schwieg verwirrt.

Dafür meldete sich Bigge zu Wort.

„Hast du’s denn schon jemals probiert? Ich bin sicher, dass du ganz super spielen kannst, Nina!“

„Da bin ich auch sicher. Und ich versteh was davon, glaub mir. Ich bin mit dem Betrieb aufgewachsen“, beteuerte Tessa.

„Ich weiß.“ Nina angelte nach einer weiteren Gewürzgurke, es war ihre fünfte. Süßigkeiten verabscheute sie, die überließ sie großmütig Rufus. „Es ist ja nicht so, dass ich keine Lust hab, bei euch mitzuspielen. Im Gegenteil. Aber noch mal als die herzige kleine Sängerin auftreten? Tut mir das bloß nicht an! Lieber schmeiß ich mit faulen Eiern und Tomaten.“

„He!“ Rufus trennte sich für einen Augenblick von seiner Tüte mit Gummi-Krokodilen. „Wir könnten ihr doch so eine Rolle in das Stück reinschreiben! Es müssen ja vielleicht keine echten faulen Eier sein.“

„Eine Rolle für Nina in das Stück schreiben – das ist eine prima Idee! Das machen wir.“ Sonny war begeistert. „Überhaupt kein Problem!“

„Klar! Fragt sich nur, was …“ Tessa dachte angestrengt nach. „Was würdest du denn am liebsten spielen? Ich meine, welchen Typ Mädchen?"

Nina grinste. „Eine, die singt natürlich. Weil ich das kann. Bloß keine Volkslieder. Lieber Pop oder Rap oder so was Ähnliches."

„Dann weiß ich schon, was wir machen." Fragend sah Tessa zu Rufus hinüber, der Robinson gerade einen weiteren Keks hinschob. „Denkst du auch, was ich denke?"

Rufus zuckte ertappt zusammen.

„Ich? Was denn?"

„Olly!"

„Klar, Mensch, Olly!" Manni schlug sich vor Begeisterung auf die Schenkel. „Wir bringen sie mit Olly und seiner Band zusammen! Äh ... ich wusste gar nicht, dass er diesmal bei uns mitspielt?"

„Er auch nicht. Ist mir ja gerade erst eingefallen", sagte Tessa gleichmütig. „Aber morgen weiß er's. Hört zu. Nina wird meine Rolle spielen. Das Mädchen, das sich mit Anneli befreundet und sie aus der Scheiße zieht. 'tschuldigung, Nina, das ist nicht persönlich gemeint."

Nina lachte. „Ach was. Wo du Recht hast, hast du Recht."

Tessa wandte sich zu Cosima. „Glaubst du, dass du auch Pop singen kannst?"

„Warum nicht? Wenn Olly es mir beibringt?"

„Das packst du, ich kann's dir auch zeigen. Wo du

so musikalisch bist", schlug Nina ihr vor. „Wir üben gemeinsam."

„Au ja, gern!"

„Genau. Und damit haben wir endlich den Schluss für unser Stück!", rief Tessa. „Anneli rennt davon und wird von … wie soll sie heißen?"

„Nina!", rief Nina, ehe jemand einen anderen Vorschlag machen konnte.

Tessa kicherte. „Hört, hört! Okay. Nina. Kann ich auch irgendwie verstehen."

„Wenn deine Eltern nach so einem Wink mit dem Zaunpfahl immer noch nicht kapieren, was Sache ist, dann weiß ich auch nicht", murmelte Rufus, der sich als Zwischengang gerade eine weitere Schokoladenwaffel gönnte.

„Also: Anneli rennt davon und wird von Nina in ihrem Versteck aufgestöbert. Nina macht ihr Mut und heckt mit ihr aus, dass Anneli beim nächsten Schulkonzert mit einer Popgruppe zusammen auftritt, nachdem sie ihre Eltern da reingelockt hat. Die Eltern sind entsetzt, doch der Agent, den Anneli und Nina ebenfalls eingeladen haben, wittert sofort das große Geschäft und versöhnt damit die Eltern. Und dann …"

„… erklärt Anneli, dass sie gar nicht daran denkt, weiter aufzutreten", fiel Nina ihr ins Wort. „Auch nicht als Kinder-Popstar. Sie hat genug davon und will nur noch zum eigenen Spaß singen. Jedenfalls bis sie mit der Schule fertig ist. Und wenn überhaupt, wird sie vielleicht danach Schauspielerin. Aber wahrscheinlich doch lieber Tierärztin oder so was."

„Wow! Super!" Jeya applaudierte heftig, und die Freunde fielen ein.

„Und das erzählen wir morgen Frau Lindner und den anderen", beendete Tessa die Besprechung.

„Genau. Und ich bringe meinen Eltern inzwischen bei, dass ich Mitglied der Theaterkids geworden bin", verkündete Nina. „Ist es nicht sogar eine Art Pflichtunterricht, weil doch die ganze Klasse mitmacht?"

Rufus nickte bedächtig. „Könnte man so sehen, ja."

10

Nina schaffte es tatsächlich, die Erlaubnis ihrer Eltern zu der ‚Nachmittagsgruppe Theaterspiel', wie sie es nannte, zu bekommen. Sie verriet allerdings nur die halbe Wahrheit. Nämlich, dass das geplante Stück über ihr Leben vor den Weihnachtsferien aufgeführt werden sollte und sie bei den Vorbereitungen helfen, vielleicht auch eine „kleine Nebenrolle“ spielen würde.

„Kann ich mir denken, dass sie dich gern auf ihrer Bühne haben möchten – als Zugpferd sozusagen. Sicher werden sie dich am Schluss Weihnachtslieder singen lassen. Na ja, wenn es dir Spaß macht und es zum Unterrichtsprogramm dazugehört“, sagte ihre Mutter gedehnt. „Obwohl ich mir vorstellen könnte, dass du dich dort zu Tode langweilen wirst, Liebling. Du bist doch ganz andere Verhältnisse gewohnt als so eine Laienspielgruppe.“

„Sie kann es ja mal versuchen. Und wenn es ihr nicht gefällt, werden wir sie von diesem Unterricht befreien lassen – wegen wichtiger Fernsehverpflichtungen“, empfahl ihr Vater. „Schaden kann es ihrer Karriere wohl kaum. Nimm es einfach als einen Jux, Nina. Als einen Schulspaß.“

„Sowieso, Papa." In Ninas Augen tanzten ein Dutzend kleiner Teufel.

Am Nachmittag nahm sie zum ersten Mal an einer Probe der Theaterkids teil.

„Grünes Licht! Ich darf mitmachen!", rief sie schon von der Saaltür aus.

Monika Lindner kam ihr entgegen. „Großartig, Nina. Ich freu mich für dich. Und für uns! Wir proben zuerst das vierte Bild, in dem Anneli zum Schluss wegläuft. Schau es dir von hier unten an, vielleicht hast du noch ein paar gute Tipps für Cosima. Später werden wir dann im kleinen Kreis den Text für das fünfte und sechste Bild erarbeiten, in dem du dich um Anneli kümmerst und ihr hilfst."

„Und nach der Probe treffen wir uns mit Olly, er weiß schon Bescheid. Er findet unsere Idee irre gut und ist schon echt gespannt auf dich", berichtete Tessa.

„Ich auch auf ihn." Nina lachte ein wenig unsicher. „Hoffentlich nimmt er mich überhaupt ernst ..."

Die Sorge brauchte sich Nina nicht zu machen. Dass der Kinderstar der Volksmusik hinter dem Rücken seiner Eltern aussteigen und Popsongs singen wollte, fanden Olly und seine Musiker ganz einfach stark. Und insgeheim versprachen sie sich einiges für ihre eigene Popularität, wenn sie es waren, mit denen Nina auftrat. Selbst wenn es nur im Rahmen einer Schüleraufführung geschah, die Presse würde es mitkriegen und breittreten, da waren sie sich sicher. Aber das sprachen sie natürlich nicht aus, als Olly Nina mit seinen Musikern bekannt machte.

Die Besprechung fand bei Otto, dem Hausmeister statt, der ihnen auch den Probenraum im Keller zur Verfügung stellte.

„Tag, Nina, ich bin der Otto. Wir sind ja nun Kollegen. Ich bin das Senior-Theaterkid sozusagen", begrüßte er das Mädchen fröhlich. „Und wenn du zu deinem Schutz mal eine eisenharte Rechte brauchst ... ich war früher Boxer!"

Nina fand ihn sofort sympathisch. „Gut zu wissen, Otto", sagte sie lachend. „So was brauch ich leider öfter."

„Ich weiß. Hab schon ein paar deiner Verehrer von der Presse aus den Bäumen gepflückt, während du im Unterricht gesessen hast."

„Ehrlich?" Nina sah Otto erschrocken an. „Haben Sie schon einen k. o. geschlagen?"

„Nur nachdrücklich hinauskomplimentiert, keine Sorge. Übrigens – wir sagen hier alle ‚du'."

„Okay, Otto."

Nina konnte sich nicht erinnern, sich schon einmal in einer Gemeinschaft so wohl gefühlt zu haben. Hier war sie niemand Besonderes, sie gehörte ganz einfach zum Team. Aber sie wurde mit dem, was sie tat und was sie konnte, ernst genommen.

„Alles klar? Dann lass uns gleich mal checken, welche Nummern du drauf hast … oder welche du gern singen würdest.“ Olly hielt ihr einen Stapel Notenblätter hin. „Hier, schau dir das mal in Ruhe durch, vielleicht ist ja was dabei.“

Als Nina an diesem Tag nach Hause kam, ging sie wie auf Wolken, und sie hatte Mühe, sich ihre Freude vor den Eltern nicht allzu sehr anmerken zu lassen. Sie sagte, sie müsse noch Hausaufgaben machen, schützte wie immer Müdigkeit vor und ging gleich nach dem Abendessen in ihr Zimmer. Doch zum ersten Mal nach langer Zeit dachte sie nicht daran, aus dem Fenster zu klettern und ihr geheimes Versteck in der Dachkammer des Nachbarhauses aufzusuchen.

So oft wie möglich traf Nina sich jetzt mit Tessa, Rufus und Sonny, um den Schluss des Stückes zu schreiben. Danach probte sie mit Olly und seiner Band. Das alles spielte sich in Ottos Wohnung und dem Probenraum im Keller des Gymnasiums ab. Nina wurde von ihrem Bewacher oder von einem der Eltern zur Schule gefahren und später wieder abgeholt. Tessa und Sonny erwarteten sie am Tor und nahmen sie in Empfang, damit alles seine Ordnung hatte.

Bald war der Text fertig, und sie konnten auch das fünfte und sechste Bild proben. Nachträglich hatte man Szenen für Ollys Band in das Stück eingefügt, damit sie nicht nur am Schluss einen kurzen Auftritt hatten. Allerdings mussten sie sich bereit erklären, im vierten Bild auch die Volkslied-Begleitung zu übernehmen.

Nina war überglücklich. Olly hatte für sie eigens zwei Nummern komponiert und den Text geschrieben. Den zweiten Song würde sie am Schluss gemeinsam mit Cosima singen. Mit Feuereifer stürzte sie sich in die Arbeit. Und die Proben gingen gut voran. Zu Hause war sie das brave kleine Mädchen von früher, nur in der Wahl ihrer Kleidung wagte sie hin und wieder gegen den mütterlichen Geschmack zu protestieren. Doch sie achtete stets darauf, die Eltern nicht argwöhnisch werden zu lassen, was die Arbeit mit dem Theaterstück betraf.

Der Tag der Aufführung kam näher und damit die Zeit der heißen Proben. Bisher hatten sie die Songs ausgespart, da es noch so viel am schauspielerischen Ausdruck zu feilen gab. Diesmal sollte Bild fünf und sechs zum ersten Mal mit den musikalischen Einlagen ohne Unterbrechung durchlaufen.

Sie ließen es sich nicht anmerken, aber es gab keinen unter den Theaterkids, der nicht mit Spannung und Neugierde auf Ninas ersten Auftritt als Popsängerin wartete. Bisher hatte Nina sich strikt geweigert, Einzelheiten zu verraten, um von ihren Mitschülern ein unvoreingenommenes Urteil zu bekommen.

Die Szene begann. In ihrem geheimen Dachbodenversteck – die Dekoration war durch ein paar bemalte Tücher und Pappwände angedeutet – lief Anneli unruhig hin und her und klagte über ihre Situation. Sie fror, sie hatte Hunger und Durst und überlegte verzweifelt, wo sie hingehen und was sie tun könnte. Ins Ausland fliehen? Dort als Straßensängerin ihren Lebensunterhalt verdienen? Aber sie hatte kein Geld für die Reise, und sie war zu jung. Es war schwierig für ein Kind, Arbeit zu finden und sich zugleich vor der Polizei und vor kriminellen Erwachsenen zu schützen. Wütend stieß Anneli ihre Gitarre mit dem Fuß in die Ecke. Verzweifelt klagte sie darüber, dass sie nie die Chance bekommen hatte, Freundschaften zu schließen, dass die Klassenkameraden sie nicht beachteten und dass sie von den Erwachsenen nur als eine Art gut verkäufliche Ware angesehen wurde.

Durch die Mitarbeit von Olly und seiner Band war das Stück nachträglich zu einem Musical geworden. So hatte auch Anneli für dieses Bild noch einen Song bekommen. Nach der Melodie eines Kinderliedes sang sie mit trauriger dünner Stimme: „Ich bin nichts weiter als eine CD, durchs Radio komm ich zum Frühstückskaffee, bin ein Lied gegen Omas Herzensweh und Tantes Trost beim Nachmittagstee … Bin ich wirklich nur gut fürs Bankkonto? Gut fürs Portmonee? Als Kassette verkauft, in Millionenhöh …“ Hier brach Anneli ab. Sie sank in einer Ecke der Bühne zusammen, kauerte sich, den Kopf auf die Knie gelegt und unter den verschränkten Armen versteckt, auf den Boden und weinte.

„Anneli!“, rief Nina hinter der Bühne. „Anneli, ich bin's, Nina! Anneli! Hörst du mich?“ Ein paar Sekunden später trat Nina auf, entdeckte die Freundin am Boden und kniete sich erschrocken neben sie. „Anneli, endlich! Ich hab mir solche Sorgen gemacht. Mann, bin ich froh, dass ich dich gefunden habe! Was ist denn bloß los?“

Es folgte eine längere Textpassage von Anneli, in der sie von ihrer Verzweiflung sprach und von dem Entschluss, nie wieder nach Hause zurückzukehren, um nicht länger als Volksliederstar auftreten zu müssen.

Nina wiegte sie in den Armen und tröstete sie. Sie spielte ihre Rolle mit einer so fröhlichen und selbstbewussten Ausstrahlung, dass man sie unwillkürlich für zwei, drei Jahre älter hielt. Nichts erinnerte mehr an die kleine Nina, die man aus dem Fernsehen kannte.

„He, Mädchen! Kein Grund, alles hinzuschmeißen! Alles, was du brauchst, ist ein bisschen Mut, deinen Eltern die Wahrheit zu sagen. Erklär ihnen, wie unglücklich du bist. Wie dir das stinkt, ewig das naive blauäugige Püppchen zu spielen! Sag ihnen, dass du jetzt ein Teenie bist und andere Interessen hast. Und dass du ein Recht darauf hast, dein Leben selbst zu bestimmen“, feuerte Nina sie leidenschaftlich an.

Anneli schniefte und sah hilflos zu der Freundin auf. „Ja, aber wie? Was soll ich denn machen?“

„Andere Sachen singen. Die für dich stimmen. Die ehrlich sind, weil du dahinter stehst und sie wirklich deine Gedanken und Wünsche ausdrücken. Auch das, was dich ärgert. Warte mal …“ Nina griff zu Annelis Gitarre, die das Mädchen zuvor so achtlos in die Ecke geworfen hatte. Sie zupfte ein paar Akkorde, das Zeichen für Olly hinter der Bühne einzusetzen. „Ich hab gerade einen Song geschrieben, vielleicht gefällt er dir.“

Mit der vertrauten Volksliedmelodie, ganz lieb und romantisch wie bei ihren früheren Auftritten, setzte Nina ein – um gleich darauf in einen harten Beat-Rhythmus überzugehen:

„Am Brunnen vor dem Tore
da steht *kein* Lindenbaum.
Das Tor und auch der Brunnen
sind nichts als ein alter Traum.

Durchs Dorf – da dröhnen jetzt Laster,
für Kinder sind die Straßen gesperrt.
Denn Laster bringen mehr Zaster!
Nur wer Geld hat, ist bei uns was wert,
so hat man's uns immer gelehrt."

Hier folgte ein harter Schlagzeugwirbel von Olly als Einleitung zum Rap-Teil des Songs. Nach und nach setzten die übrigen Musiker ein, während Nina in einen aggressiven Sprechgesang überging, der den Refrain des Liedes bildete.

„Aufwachen, Leute, fünf vor zwölf zeigt die Uhr!
Die Parolen der Alten sind 'ne ganz faule Tour.
Ihr habt Herz und habt Köpfchen und 'ne Menge Fantasie,
Und was *ihr* nicht ändert, das ändert sich *nie*!"

Während Nina sang, ging bei Anneli eine Veränderung vor sich. Sie horchte auf, kam auf die Füße, und ihr Gesichtsausdruck verwandelte sich von ungläubigem Staunen in helle Begeisterung. Die Wiederholung des Refrains sang sie bereits mit.

Hier wurden sie unterbrochen. Die Theaterkids hinter der Bühne und unten im Zuschauerraum waren nicht mehr zu halten. Tosender Applaus setzte ein. Das war eine ganz neue Nina. Keiner von ihnen hätte vermutet, wie viel Power in dem zarten Geschöpf steckte und mit wie viel Härte sie kritische Gedanken vortragen konnte. Tessa und Rufus sahen sich an und hoben den Daumen zum Zeichen ihrer Zufriedenheit. Nina siegte auf der ganzen Linie.

„Stark!“, fuhr Anneli auf der Bühne mit ihrem Text fort, als der Applaus endete. „Bringst du mir das bei?“

„Logo. Es soll mindestens zwölf Strophen kriegen, die hab ich allerdings noch nicht alle fertig. Da geht’s um die Freiheit, über sich selbst zu bestimmen und seinen Weg selber zu finden. Und um alles, was wir nicht in Ordnung finden an unserer Welt. Weißt du, was, Anneli? Wir werden zusammen auftreten, das wär doch klasse!“

„Das werden wir!“

„Kinder“, flüsterte unten im Saal Monika Lindner Tessa und Rufus zu, „ich will’s ja nicht berufen, aber ich glaube, diesmal stellen wir alles in den Schatten, was wir bisher gemacht haben.“

11

Zwei Wochen später war es so weit. An den Plakatsäulen der Stadt war überall zu lesen, dass die Theaterkids des Schiller-Gymnasiums am 20. Dezember um 19 Uhr 30 ihr neues Stück, das Musical „Ein Lied für Anneli“ vorstellen würden.

Wenn Nina an die Reaktion ihrer Eltern dachte, wurde ihr ganz schwach. Seit Tagen konnte sie kaum noch etwas essen, und manchmal bezweifelte sie, dass sie die Vorstellung durchstehen würde, auch wenn ihre Rolle nicht groß war. Aber dann gab es Momente, da packte sie eine kalte Wut. Vor allem, wenn ihre Mutter sich über das Laienspiel der Schule abfällig äußerte und nicht aufhörte zu betonen, wie sehr es doch eigentlich unter Ninas Würde sei, dort aufzutreten.

Das Gefühl dieser Wut versuchte Nina sich für die Aufführung zu bewahren. Und als die Premiere endlich gekommen war, weigerte sie sich, vor Beginn einen Blick durch den Vorhang zu werfen, um festzustellen, wer von ihrer Familie und deren Bekannten nun wirklich ein paar Stunden geopfert hatte, um sich eine Schulaufführung anzusehen. Um keinen Preis wollte sie sich von ihrer Konzentration auf die Rolle ablenken lassen. So entging ihr auch, dass nicht nur der Regisseur ihrer letzten Fernseh-Show und ihr Agent, sondern auch etliche Reporter den Weg ins Schiller-Gymnasium gefunden hatten. Die Namen der Darsteller wurden auf dem Plakat zwar nicht genannt – Nina hatte ohnehin gebeten, ihren Namen nicht zu erwähnen –, aber Tessa hatte nach langem Überlegen doch einem mit ihren Eltern befreundeten Journalisten diesen Tipp gegeben. Es konnte nicht schaden, wenn man zur Kenntnis nahm, dass Nina jetzt ihrer Kleinmädchensingerei entwachsen war und ganz andere Fähigkeiten entwickelte.

Da Tessa, nachdem sie ihre Rolle an Nina abgetreten hatte, nur noch als Regieassistentin tätig war, hatte sie immer wieder mal Gelegenheit, in den Saal hinunterzugehen oder durch den Vorhangspalt in den Zuschauerraum zu spähen. Zufrieden nahm sie zur Kenntnis, dass alle ihrer Einladung gefolgt waren.

Die meiste Zeit benötigte sie allerdings, um die flatternden Nerven der Theaterkids zur Ruhe zu bringen. Das Premierenfieber war mit voller Wucht über sie hereingebrochen. Eine Rolle mit Gesangseinlagen zu spielen war eben doch noch eine größere Herausforderung, als nur Dialoge zu sprechen.

„Ihr irrt euch!“, versicherte Tessa immer wieder

von neuem. „Mit dem Singen kann man sich ganz kolossal von der Nervosität befreien. Es stützt die Stimme und macht sie lockerer und größer. Fragt Nina. Und wenn das nichts hilft, sagt euch: In zwei Stunden ist alles vorbei. Und keiner wird am Lampenfieber gestorben sein."

„Sei dir da mal nicht so sicher", ächzte Bigge, die erst im zweiten Bild drankam und die anderen um den turbulenten ersten Auftritt in dem Schulklassenbild beneidete. So eine Tumultszene gleich am Anfang war Gold wert, wenn man sich von seiner Aufregung freispielen musste. Aber dieses Abwarten hinter der Bühne …

Bigge überlebte es. Und auch Cosima und alle anderen. Es war einfach ein großartiges Stück Arbeit, das sie mit den monatelangen Proben geleistet hatten. Sie spürten, wie diese gründliche Arbeit ihnen jetzt Sicherheit gab und sie die Früchte der vielen Mühe ernten konnten.

Und was die Songs betraf: Tessa hatte Recht gehabt. Singen war eine prima Sache – wenn man erlebte, wie die Stimme trug und sich weitete. Gestützt von Ollys Musikern, konnte man sich wunderbar sicher fühlen. Und das Publikum belohnte jeden Song mit Szenenapplaus. Außerdem – außer Cosima und Nina hatte keiner ein Solo, sie sangen zu zweit, zu dritt oder im Chor. Wovor also sollte man sich fürchten?

„Es läuft – es flutscht – es fetzt – sagenhaft!“, jubelte Rufus hinter der Bühne. „So eine Stimmung im Publikum hatten wir noch nie. Das heizt einen richtig an.“

„Ja, aber brems dich ein bisschen. Dich juckt schon wieder das Fell“, mahnte Tessa ihn. „Übertreib nicht, nur weil das Publikum jubelt.“

„Ich weiß. Disziplin, Disziplin. Keine Sorge, ich bin doch Profi, oder?“

„Achtung, du musst raus!“ Tessa vergewisserte sich, dass auf der Bühne alles glatt lief, und riskierte einen Blick in den Zuschauerraum.

Ninas Eltern saßen mit unbewegten Gesichtern in der ersten Reihe und waren offensichtlich irritiert von dem, was ihnen da geboten wurde. Auf ein Hollywoodmärchen über die Karriere ihrer Tochter waren sie gefasst gewesen – und nun? Tessa sah ihnen an, dass sie am liebsten gegangen wären. Doch zum einen wollten sie Ninas großen Auftritt am Schluss nicht verpassen, den Nina ihnen angekündigt hatte, und zum anderen wäre es allen im Saal sofort aufgefallen, wenn sie mitten in der Vorstellung den Raum verlassen hätten. Und sie hatten keineswegs übersehen, wie viele Presseleute anwesend waren, vom Schulleiter und der Lehrerschaft ganz abgesehen.

Tessas Lampenfieber setzte erst nach der Pause ein. Jetzt kam Ninas großer Auftritt. Würde sie sich behaupten können? War es richtig gewesen, der Presse einen Wink zu geben? Oder war es noch zu früh? Tessa presste ihre Daumen in die Handflächen, dass die Knöchel weiß hervortraten.

Aber bald darauf entspannte sie sich und folgte nur noch atemlos dem Spiel. Cosima war klasse! Wie sie sich von Szene zu Szene mehr mit ihrer Rolle identifizierte, das war unglaublich gut. Bei ihrer schlichten Kindermelodie – der kritische Text mit zarter, trauriger Stimme vorgetragen wie ein rührseliges Schlaflied – wurde es im Publikum still, und der Applaus kam zögernd, fast scheu, um den Eindruck nicht zu zerstören.

Nina machte sich hinter der Bühne für ihren Auftritt bereit. „Anneli? Anneli! ..."

„Jetzt reiß sie von den Stühlen, Nina!", wisperte Olly ihr zu. „Toi, toi, toi!"

Nina gab volle Power, wie ein Bündel von Lebensfreude und Optimismus stürmte sie auf die Bühne. Für die Rolle hatte sie sich erst kurz vor der Vorstellung von der Maskenbildnerin die Haare kurz schneiden lassen. In zerschlissenen Jeans, über dem freien Bauchnabel ein kurzes Trägerhemdchen, auf die nackten Arme Tätowierungen aufgemalt, im Nasenflügel einen kleinen goldenen Ring, so stand sie auf der Bühne. Ihre Mutter in der ersten Reihe bedeckte aufstöhnend die Augen mit der Hand. In dem kurzen Auftritt im ersten Bild hatte sie ihre

Tochter nicht erkannt, jetzt war der Schock umso größer.

Nina spielte sich mit Cosima die Bälle zu, als wären sie seit Jahren Partner auf der Bühne. Und Cosima zog mit und ließ sich von ihr anstecken. Jetzt kam der Song. Tessa atmete tief durch, sie konnte die Spannung kaum aushalten. Durch den seitlichen Vorhangspalt beobachtete sie Ninas Eltern. Olly hatte Nina auf der Gitarre ein paar spezielle Griffe beigebracht, die sie jetzt hart anschlug. Dann verwandelte sie sich für kurze Zeit in das zarte Mädchen zurück, als das man sie kannte.

„Am Brunnen vor dem Tore ...“

Ninas Mutter in der ersten Reihe entspannte sich. Das waren die gewohnten Töne. Doch gleich darauf war die friedliche Stimmung dahin. Was Nina da machte, war eine echte Rebellion! Sie trat mit Füßen, was ihre Eltern in jahrelanger Arbeit aufgebaut hatten!

Frau Arnold machte Anstalten, jetzt wirklich den Saal zu verlassen. Doch ihr Mann hielt sie mit eisernem Griff auf ihrem Platz.

„Sei nicht töricht, Lore! Schau genau hin! Sie liegt völlig im Trend, daraus kann man was machen“, raunte er ihr zu.

„Trend! Ich schäme mich zu Tode. Wär ich bloß zu Hause geblieben. Eine Blamage ... vor all diesen Leuten! Man hat doch einen Ruf zu verlieren ...“

„Pssst“, machten hinter ihnen mehrere Zuschauer.

„Du verstehst überhaupt nichts“, beendete Ninas Vater die Diskussion.

Nina hatte drei Strophen des Liedes vorgetragen. Bei der dritten ging sie Arm in Arm mit Anneli ab. Die Bühne wurde blitzschnell in eine Art Hinterbühne verwandelt, von der aus Maskenbildnerin, Garderobiere und mehrere Darsteller in einer turbulenten Szene den großen Erfolg der beiden Mädchen erlebten und eifrig kommentierten. Gesang und Applaus kamen vom Tonband, dann erschienen Cosima und Nina, gefolgt von Reportern, die auf sie einredeten und Fragen stellten. Auf der Bühne wurde es dunkel, nur ein einziger Scheinwerfer beleuchtete jetzt Rufus, der von der anderen Seite her auftrat und den Epilog sprach.

„Tja, Leute, das ist jetzt die große Frage: Wie wird sie sich wohl entscheiden, die kleine Anneli? Wird sie Popsängerin werden? Oder ganz etwas anderes tun? Keine Ahnung. Aber darauf kommt es auch gar nicht an. Wichtig ist doch nur, dass sie sich klar geworden ist über sich selbst. Und den Mut gefunden hat zu sagen, was sie will … und was nicht. Dass sie nicht mehr anderswo für sich denken lässt, sondern selber ihren Kopf gebraucht. Denn dafür haben wir ihn doch, unseren Kopf. Oder?“

Jetzt traten Anneli und Nina noch einmal auf

und sangen gemeinsam das Schlusslied. „Mit Mut, Herz und Köpfchen ..." Die anderen bildeten im Hintergrund einen Halbkreis und fielen ein. Auch Olly und seine Band erschienen nun auf der Bühne und kassierten ihren Anteil an dem orkanartigen Beifall, der jetzt losbrach und Stimmen und Musik übertönte.

Im Saal wurde es hell, und alle drängten applaudierend zur Bühne. Das Ehepaar Arnold war im Nu umzingelt, Fragen prasselten von allen Seiten auf sie ein.

„Wird Nina jetzt auf Popsängerin umsatteln?"

„Wann gibt sie ihr erstes Konzert?"

„Wird sie der Volksmusik den Rücken kehren?"

„War das heute eine Generalprobe für eine neue Karriere? Und warum gerade hier?"

Nina war unbemerkt an die Rampe getreten und hörte von oben zu. Ehe ihr Vater eine Erklärung geben konnte, meldete sie sich mit klarer Stimme zu Wort.

„Warum gerade hier?", rief sie. „Ganz einfach: weil ich Schülerin des Schiller-Gymnasiums und Mitglied der Theaterkids bin. Und weil ich mit meinen Eltern übereingekommen bin, dass ich mich die nächsten Jahre nur der Schule widme und ein ganz normales Leben führe. Ob ich danach jemals wieder auftrete ... das werden wir sehen. Vielleicht – vielleicht auch nicht."

„Außer bei den Theaterkids“, brummte Rufus im Hintergrund.

Nina drehte sich lachend um. „Klar! Außer bei den Theaterkids.“

Rap Roses

Die Geschichte einer Girlgroup

Christine Hieke
Rap Roses
(Band 1)
Girlgroup gesucht!

Christine Hieke
Rap Roses
(Band 2)
Ein Song für Leo

Helen Hoffmann
Rap Roses
(Band 3)
Der erste große Auftritt

Helen Hoffmann
Rap Roses
(Band 4)
Rosige Zeiten

DIE THEATER-KIDS

SERIE VON

TINA CASPARI

Die Theater-Kids
(Band 1)
Kein Platz für Prinzen

Die Theater-Kids
(Band 2)
Tessas schönste Rolle

Die Theater-Kids
(Band 3)
Ein starkes Stück für Nina